KB003879

저도 남의 집 귀한 딸인데요

저도 남의 집 귀한 딸인데요..

악아 지음

사랑받는 며느리를 꿈꿨다

12월의 신부가 되던 그 날, 바람은 유독 매서웠다. 사진작가는 실오라기 같은 드레스 하나만 걸친 나를 식장 밖으로 데려가 한겨울 맹추위에 뜬금없는 야외 촬영을 감행했다. 공들여 붙인 속눈썹은 약간의 방심에도 공중 부양할 듯 휘날렸고, 훤히 내놓은 어깨에 날카로운 바람이 닿을 때마다 피부가 베일 듯한 통증이 느껴졌다. 그럼에도 웃어야만 했다. '곧 끝난다'는 말을 주문처럼 외우며 어금니 꽉 깨물고 버텼다. 잠깐의 칼바람만 참아내면 곧 행복 시작이다!

하지만 그것은 예고편에 불과했다. 새 신부에서 며느리로 캐릭터가 업그레이드되니 시베리아발 강추위에 온몸이 얼어붙었다. 도덕 교과서에서만 보던 '인내'를 폭풍 실습하고, 강요받은 '희생'의 부작용을 몸소 체험하는 극한의 며느리 시대가 도래했다. 사랑받고 싶은 자, 지금까지의 나는 잊고 며느리로 다시 태어나라!

모두가 소망하는 사랑받는 며느리, 착한 며느리, 자랑스러운 며느리가 되기 위해서는 참아야 할 것이 너무나도 많았다. 시도 때도 없이 날아오는 막말의 어퍼컷에도 아무렇지 않은 척해야 했고, 어디서도 받아본 적 없는 은근한 무시와 멸시도 모른 척해야 했다. 나도 우리 집에선 더할 나위 없이 귀한 딸인데, 며느리 캐릭터를 장착한 순간 막말과 차별 대우, 대가 없는 노동을 감내해야 하는 시가의 비정규직 신세가 되고 말았다. 그래야 되는 거라 했고, 모두가 그렇게 산다고 했다. 인생 최대 위기였다. 누군가 결혼의 민낯에 대해 말해줬더라면! 그럼 적어도 마음의 준비는 하고 폭풍 속으로 뛰어들었을 것이다.

그리하여 예비 혹은 동지 며느리들을 위해 나의 파란만장 시월드 생존기를 공개한다. 결혼을 앞둔 예비 며느리라면 시월드 미리보기로 마음의 준비를 단단히 할 수 있지 않을까. 동지 며느리에게는 비단 혼자만 겪는 속 터짐이 아니라는 동병상련의 위로가 되었으면 한다.

34년 차 며느리이자 인생 선배인 우리 엄마는 모두가 입을 모아 말하는 착한 며느리였다. 구전으로 전해오던 며느리 행동 강령을 몸소 실천하며 사랑받는 며느리가 되기 위해 결혼생활 내내 애썼다. 그리고 이제 와 가슴 치며 그 시간을 후회한다. 사랑받기 위해 공들인 크고 작은 마음을 알아준 사람은 아무도 없었고, 결국 의미를 찾지 못한 노력이 엄마를 불행하게 만들었다.

나는 불행으로 향하는 길을 똑같이 밟아가는 미련한 짓은 하지 않기로 했다. 그래서 혼자 아등바등 사랑받으려 애쓰다가 상처받길 반복하는 행동 따위는 때려치웠다. 그 모습이 누군가에게는 싹수없는, 되바라진, 막돼먹은 며느리로 보일지도 모른다. 하지만 그것이 결혼생활을 유지하면서 나를 지키는 유일한 방법이었다. 나를 지켜야만 가정의 평화도, 행복도 사수할 수 있다. 사람들이 귀에 못이 박히도록 말하는 며느리의 제1원칙인 '가정 평화 수호'를 위해 필수 불가결한 선택이다. 더불어 우리가 꿈꾸는 진짜 해피 엔딩의 결혼생활을 그려가기 위해서도 반드시 필요한 변화다.

나처럼 살아보라고 부추기는 것은 절대 아니다. 다만 어느 날 문득 무언가 잘못됐다고 느낄 때, 변화가 필요하다는 것을 알지만 용기가 나지 않을 때 대한민국 어딘가에 나 같은 불량 며느리도 잘 살고 있음을 떠올린다면 힘이 되지 않을까.

나는 나답게 더욱더 '잘' 살아갈 테니, 이상한 나라에 시집 간 모든 남의 집 귀한 딸들도 부디 안녕히 지내시길 바란다. Peace-!

차 례

PART 2. 이제는 내가 먼저입니다

PART 1 결혼을 했을 뿐인데

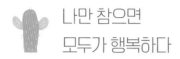

나만 참으면
모두가 행복하다

"생년월일."

"1986년 범띠요. 9월 5일 오후 두 시에 태어났어요."

결혼을 한 달쯤 앞둔 어느 날, 회사 동기와 함께 영등포구
청 근처에 있는 한 철학관을 찾았다. 이곳으로 말할 것 같으
면, 얼마 전 청첩장을 주기 위해 만난 고등학교 동창이 결혼
전에 꼭 가보라며 전화번호를 넘겨준 이름난 철학관이다. 친
구는 아는 언니가 먼저 다녀왔는데, '강 선생님'께서 소름 끼
치게 미래를 척척 잘 맞혔다며 대단한 비밀을 알려주듯 속삭

였었다.

"그 언니가 결혼해서 쉬고 있었는데 곧 취업할 거라고 했대. 근데 임신해서 금방 그만두게 될 거라나? 아들 낳는다고도 했는데 정말 다 맞혔어. 그 언니 쇼호스트 합격했는데 아기 생겨서 다시 쉬었거든. 얼마 전에 아들 낳았다."

웬만한 정신력으로는 쉽게 뿌리칠 수 없는 유혹이었다. 팔랑귀인 나는 다음 날 곧바로 예약했고, 회사도 땡땡이친 채 강 선생님 앞에 얌전히 앉았다.

"제가 다음 달에 결혼해요. 이건 남편 될 사람 생년월일인데, 같이 좀 봐주시면 안 될까요?"

불이요, 물이요, 땅이요, 나무요……. 온갖 자연 만물이 등장하고 내가 물인지, 네가 불인지 실체 없는 단어들이 둥둥 떠다녔다. 뭐, 결론은 찰떡궁합이라는 듣던 중 반가운 소리였지만 그 한마디가 듣고 싶어 신사임당 언니를 흔쾌히 지갑에서 꺼낸 게 아니었던가. 의미 없는 안도감에 미소가 번지던 그때, 강 선생님은 잠시 눈을 감았다가 번뜩 뜨더니 한마디 던졌다.

"시어머니 자리가 세요."

용하다, 여기 진짜 용하다! 하마터면 육성으로 터질 뻔했다. 그 한마디에 강 선생님에 대한 신뢰도가 30퍼센트에서 300퍼센트로 솟구쳤다.

"맞아요. 저희 어머님이 좀……."

"뭐, 큰 걱정은 안 하셔도 돼요. 본인이 더 세니까."

위로인지 아닌지 모르겠지만, 강 선생님은 옅은 미소를 지으며 말했다. 그 말에 옆에 있던 동기는 풋 하고 웃음을 터뜨렸고, 나는 어쩐지 승리한 기분이 들어 우쭐해졌다. 짜고 치는 고스톱에 임하는 타짜의 기분이 이런 걸까. 취업 청탁을 한 아버지 빽을 믿고 면접장에 들어서면 이런 기분이려나. 결혼, 그까짓 거! 내가 다 이긴다는데 무슨 걱정이야!

"그냥 참아."

"네?"

"이기지 말고 참아요. 본인만 참으면 모두가 다 행복해."

필라테스로 다져온 코어 근육에서부터 뿜어져 나오는 전투 의지를 한 방에 무너뜨리는 말이었다. 나만 참으면 모두가 행

복하다. 나만 참으면, 나만 참으면……. '참을 인忍' 세 번이면 살인도 면한다는데, 가정의 행복을 위해서라면 못할 것이 없었다. 나는 우리 모두의 행복을 책임지는 대한민국 며느리로서 사명감을 가슴에 품고, 참고 또 참으며 살겠노라 다짐했다.

하지만 결혼 4년 차. 이제 와 돌이켜보니 강 선생님의 말씀에는 작은 오류가 있었다.

'나만 참으면 모두가 행복하다'가 아니다.
나만 참으면 '나를 뺀' 모두가 행복하다.

용하다더니, 순 뻥이다.

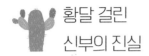

황달 걸린
신부의 진실

오랜만에 컴퓨터 바탕화면을 정리했다. 무의미하게 자리를 차지하던 파일을 하나하나 지우다가 마우스 커서가 멈칫했다. 남편이 하드 디스크 깊숙한 곳에 숨겨둔 야동 파일만큼이나 보고 싶지 않은 '결혼식 DVD'가 아직도 여기 있었다니!

결혼은 기승전'돈'이다. 같은 피부 관리도 '결혼'이라는 이름만 붙으면 가격이 배로 뛰고, 스냅 촬영도 신랑, 신부가 모델로 서면 부르는 게 값이 된다. 누군가는 '예비 부부'라 쓰고 '호구'라 읽으며 킥킥댈지도 모른다. 그럼에도 '생애 단 한 번

(요즘은 그렇지도 않은 것 같지만)'이라는 이유로 우리는 호구가 되는 것을 흔쾌히 수락한다.

나는 제주도까지 내려가 유난스럽게 웨딩 촬영을 했다. 결혼반지는 청담동에서 맞추고 한복은 드라마 협찬으로 유명한 곳에서 진행했다. 본식 촬영도 사진작가를 두 명이나 섭외했으니, 꽤 성실한 돈지랄이었다.

그렇게 정석대로 호구의 길을 착착 밟아가던 중 딱 하나 돈을 아낀 게 있었는데, 그게 바로 결혼식 DVD다. 결혼생활 행복 지수가 200퍼센트로 치솟더라도 결혼식 영상을 재감상하며 흐뭇한 미소를 짓는 내 모습은 쉽게 상상이 가지 않았다. 영상을 찍어도 다시 돌려 볼 일은 없을 거라며 DVD 자체를 만들지 않으려고 했는데, 남편은 결사반대했다. 어느 영화 혹은 드라마에서 이혼을 앞둔 부부가 결혼식 영상을 보며 사랑을 다시 확인했다나 뭐라나.

나는 결혼식 영상을 보고 다시 생각할 이혼이라면 TV 속 흔한 육아 예능만 봐도 이혼 서류를 찢어버릴 것이라고 말렸지만 남편의 생각은 확고했다. 결국 우리는 혹시 모를 이혼의 예방책(?)으로 영상을 찍게 되었고, 큰돈 들이기는 아까워 웨딩 플래너가 추천해준 수십만 원짜리 업체 대신 예식장과 연계된 곳을 선택했다. 그리고는 겨우 5만 원에 결혼식 DVD를 득템했다며 좋아했다.

돈은 거짓말을 하지 않는다는 진리, 나는 그것을 결혼식 DVD를 보며 깨달았다. 5만 원짜리 DVD 속 나는 황달에 걸린 환자처럼 얼굴이 노랗게 떠 있었다. 그 증상이 매우 심각했다. 청담동에서 새벽 네 시부터 받은 비싼 신부 화장은 온데간데없었고, 남편은 강렬한 분홍빛 입술을 자랑했다. 절로 기분이 언짢아지는 영상이다. 이혼 전 이 영상을 다시 본다면 신부 입장 장면이 나오기도 전에 당장 가정 법원으로 달려갈 게 분명하다. 이건 결혼 기념 영상이 아니라 그냥 결혼 증거품 1호일 뿐이다.

황달의 신부가 너무나 안타까워 영상을 폐기하려고 했는데 아직도 이 녀석이 살아 있었다니. 그래도 증거품은 함부로 폐기하면 안 되기에 보이지 않는 안전한 곳으로 옮겨둔다는 게 그만, 재생을 시켜버렸다.

황달의 신부 얼굴이 컴퓨터 화면을 채웠다. 더불어 그날의 기억도 다시 떠올랐다.

'결혼식의 주인공은 신부'라는 말은 단언컨대 결혼을 안 해본 사람들이나 하는 망언이다. 마치 주인공인 척 앞에 서 있지만, 결혼식은 신부 마음대로 할 수 있는 게 하나도 없다.

허례허식으로 가득한 결혼식을 굳이 해야 하는 이유도 바로 거기 있는 듯하다. 결혼식이라는 이 험난한 고난과 역경을 차근차근 이겨낸 자만이 만렙을 찍으며 비로소 독립적 인간으로 거듭날 수 있다.

LEVEL 1. 양가 기싸움 속 예식장 고르기 (난이도 ★☆☆☆☆)

예식장 위치를 선택하는 것부터 양가의 눈치 게임이 시작됐다. 결혼식은 신랑 쪽에서 하는 거네, 신부 쪽이네 사람마다 하는 말이 달랐다. 남편의 집과 우리 집은 차로 30분 정도 걸리는데, 그리 멀지 않은 거리라서 더 애매했다. 법적으로 정해진 것도 아닌데 양가 어른들은 각자에게 유리한 말만 귀담아 듣고는 한 치의 양보도 없이 팽팽한 기싸움을 이어갔다.

중간에 낀 나와 남편만 진땀을 흘렸다. 결국 양쪽 지역의 식장을 모두 알아봤고, 그중 원하는 날짜와 비용이 맞는 곳을 선택하기로 합의했다. 조건에 맞는 곳이 딱 하나였는데 그곳이 우리 집과 가까운 식장이라 시가에서는 어쩔 수 없이 한발 물러섰다. 대신 전세 버스를 조건으로 내걸었다. 겨우 30분 거리인데 전세 버스라니, 강력한 한 방이었다.

양가 어른들은 시식을 위해 처음 식장에 가보셨다. 어머님은 식장이 어둡다, 분위기가 별로다, 위치가 안 좋다, 음식이 맛없다…… 식장에 대해 할 수 있는 안 좋은 평가는 빠짐없이 모두 하며 내내 언짢은 표정을 지으셨다. 남편은 이미 결정한 건데 이왕이면 좋은 마음으로 봐달라며 다독였으나 쉽게 풀릴 마음은 아닌 듯했다. 우리 부모님도 결국 표정이 굳어졌다. 나와 남편은 아이처럼 토라진 부모님들 사이에서 음식이 입으로 들어가는지 코로 들어가는지 모르게 시식을 하느라 곤욕을 치렀다.

LEVEL 2. 무사히 청첩장 발행하기 (난이도 ★★★☆☆)

몇 년 전 친구 한 명이 청첩장을 돌리는데 깊은 한숨을 내쉬었다. 알고 보니 두 번째 찍은 청첩장이란다. 처음 주문한 청첩장을 시가에 들고 갔더니 시어머니가 마음에 들지 않는다며 화를 내 어쩔 수 없이 다른 디자인으로 다시 주문했다는 것이다. 그때는 결혼 준비를 시작하기 전이라 그게 실화냐며 혀를 내둘렀는데 막상 청첩장을 맞출 때가 되니 그런 일이 내게도 닥칠 수 있음을 직감했다.

나는 청첩장 샘플을 30여 장 모아 시부모님 앞에 쫙 펼쳐보였다. 시부모님은 너희가 좋은 것으로 고르라며 너그러운 마음을 보이셨지만 이내 "이건 너무 애들 같아서 안 된다" "저건 계절에 맞지 않아 별로다" 같은 애정 어린 조언을 덧붙이셨다. 마음속에 점찍어 두었던 녀석도 청첩장 느낌이 나지 않는다며 귀퉁이로 치워버리셨다. 하마터면 청첩장을 두 번 찍을 뻔했다.

한고비 넘겼나 했더니 생각지 못한 복병, '모바일 청첩장'이 등장했다. 모바일 청첩장에는 신랑, 신부와 혼주 연락처가 들어가는데, 이게 문제가 됐다.

"모바일 청첩장에 혼주 번호 좀 지워줘. 미자네 딸이 결혼했는데 동창 중에 어떤 애가 글쎄, 모바일 청첩장에 나온 신랑네 엄마 번호를 저장해서 카톡 사진을 다 보더라고."

세상은 넓고 또라이는 많아도 너무 많다. 나의 상식으로는 도무지 이해가 안 되는 행동인데 엄마의 노파심은 나의 속을 뒤집어놓았다. 엄마는 혹시 모를 사회 부적응자가 사돈의 번호를 저장해 카톡 사진을 볼까 봐 오매불망 걱정했다. 어머님이 조금 화려한 스타일이다 보니 친구들 사이에서 이러쿵저러쿵 말이 나올까 봐 싫다는 이유에서였다. 엄마는 모바일 청첩장이 나온 날부터 하루에 열두 번씩 혼주 번호를 삭제하라며 나를 괴롭혔다.

그런데 모바일 청첩장은 정해진 양식이 있어서 연락처를 마음대로 넣고 빼기가 어려웠다. 혼주 번호를 지우면 신랑, 신부의 연락처까지 몽땅 빠지게 돼 고민은 더욱더 깊어졌다. 엄마의 노파심에 결국 모두의 연락처를 지워버렸는데 이번에는 시가에서 왜 연락처를 다 뺏냐며 다그쳤다. 그렇게 모바일 청첩장에 전화번호를 넣고 빼기를 스물세 번쯤은 했던 것 같다. 결국 원래대로 연락처를 모두 넣기로 합의를 봤고, 엄마는 지인들에게 모바일 청첩장을 보내지 않았다.

LEVEL 3. 하객 평가단에게 웃으며 인사하기 (난이도 ★★★★★)

"결혼식 때 울지 마. 울면 사연 있는 여자 같아 보인데."

"너무 웃어도 안 돼. 신부가 헤벌쭉하면 사람들이 흉봐."

결혼식이 임박하니 만나는 사람마다 신부의 행동 강령에 대해 말이 많았다. 가장 많이 들은 이야기는 '표정 관리'였다. 누구는 울면 뒷말이 많다 하고 다른 누구는 웃으면 헤프게 보인다니, 웃어야 할지 울어야 할지 고민이 됐다. 신부 입장도 하기 전부터 왈칵 눈물이 쏟아질 뻔했지만 나는 입술을 깨물며 참았다. 혹시나 눈물이 터질까 봐 결혼식 내내 부모님 얼굴은 쳐다보지도 않고, 마음속으로 샤이니의 〈링딩동〉만 반복 재생했다. 남편이 축가를 부를 때는 웃음이 터졌는데 애써 감추며 조신한 척 미소만 지었다.

이제 와 그 모습을 다시 보니 순간의 감정을 솔직하게 드러내지 못한 게 조금 후회가 된다. 굳이 그렇게까지 감추고 참아야 했을까. 눈물 좀 흘리면 어떻고, 깔깔 웃으면 또 어떤가. 다른 사람도 아닌 내 결혼식인데.

본식이 끝난 뒤에는 곧바로 한복으로 갈아입고 피로연 자리로 향했다. 3단이지만 실은 가장 위층만 빼고 모두 가짜인 케이크를 커팅하고 난 뒤, 테이블을 돌며 하객에게 감사 인사를 전했다. 바쁜 시간을 내 멀리까지 찾아준 친구들과 일가

친척에게 반가운 인사를 건네며 돌다 보니 낯선 손님들과도 마주쳤다. 대부분 양가 부모님의 지인이었다.

처음 보는 분들이지만 웃으며 다가가 인사를 건네는데, 한 아주머니가 손을 잡고는 "신랑, 신부가 선남선녀네. 축하해요" 라고 말을 걸었다. 남편과 나는 감사하다며 꾸벅 인사를 하고 돌아서는데, 일행으로 보이는 아저씨가 한마디 툭 던졌다.

"요즘은 다들 얼굴을 갈아엎으니까 그렇지."

들리지나 않게 말하면 모를까 귀에 딱 꽂히는 그 말에 자동으로 발이 멈췄다. 미스코리아처럼 얼굴에 띄워놓았던 의식적인 미소도 순간 사라졌다. 돌아보니 그 테이블에 앉은 사람들이 나의 외모 평가를 안주 삼아 잔을 부딪치고 있었다. 당장 돌아가 그분에게 혹시 나를 아느냐고 묻고 싶었지만 남편은 그냥 가자며 손을 잡아당겼다. 어머님의 초등학교 동창들이라고 하니 더욱더 화가 났다. 오늘 나를 처음 본 사람들이니 말이다.

신부 화장을 하며 쌍꺼풀 테이프도 붙이고 속눈썹도 붙여 한결 보기 좋은 얼굴이 되긴 했으나 객관적으로 그 정도 오해를 살 외모 수준은 아니다. 설사 정말 '얼굴을 갈아엎었다'

하더라도 결혼식 날 처음 본 신부에게 해줄 덕담으로는 적절해 보이지 않았다. 그 후로도 테이블을 도는 동안 내 얼굴은 여러 번 붉으락푸르락해졌다. 살을 빼서 나이가 들어 보인다는 둥 표정이 안 좋다는 둥 축하가 아닌 평가를 받는 기분이었다.

축의금을 받았으니 그 정도의 수군거림은 감수해야 한다면 나는 기꺼이 축의금을 모두 돌려주고 순수한 '축하'만 받고 싶다. 그리고 만약 그때로 다시 돌아갈 수 있다면 절대로 결혼식을 하지 않을 것이다.

아, 갑자기 떠오른 생각인데 그날 나는 정말로 얼굴이 노랗게 질렸던 게 아닐까? DVD는 아무 문제가 없을지도 모른다.

며느리는
딸이 될 수 없다

나는 명품 가방이 좋다. 책 서너 권쯤 넣어도 쉽게 망가지지 않는 튼튼함은 기본이요, 한 손에 착 감기는 그립감과 결코 가벼워 보이지 않는 멋스러움은 그냥 개소리. 비싸서 좋다. 명품 가방 하나면 '저는 200만 원짜리 가방쯤은 언제든 살 수 있는 경제력을 갖췄답니다'라고 굳이 말하지 않아도 '있는 척'할 수 있다. 속물 중의 속물처럼 보이지만 그게 나의 솔직한 마음이다. 그래서 나는 명품 가방이 좋다. 아니, 정확히 말하면 명품 가방을 들고 있는 내가 좋다.

이렇게 말하면 명품 가방을 이마트 장바구니만큼 잔뜩 갖고 있을 것 같지만 실은 두 개가 전부다. 하나는 동생이 이탈리아 여행 중 아웃렛에서 사다 준 Y 브랜드 가방. 동생은 짐을 줄인다며 상자부터 더스트 백까지 몽땅 버리고는 그 고귀한 가방을 캐리어 안에 처박아 왔다.

덕분에 가방은 내게 오던 그 순간부터 이미 누군가 10년은 쓴 것 같은 행색이었다. 아웃렛이 아니라 프리마켓에서 산 것이 아닐까 의심스러울 정도였다. 주름이 자글자글해진 나의 첫 명품 가방을 바라보고 있자니 가슴이 찢어지는 듯했다.

주름을 펴기 위해 온 집안의 스카프를 끌어다 가방 안에 구겨 넣으며 기도했지만 모두 부질없는 행동이었다. 한번 생긴 주름은 쉽게 없어지지 않는다. 인간이나 명품이나 똑같다. 첫 명품 가방의 쓰라린 기억을 잊을 때쯤, 두 번째 명품 가방이 찾아왔다. 생각지도 못했던 어머님의 선물이었다.

결혼을 앞두고 양가 모두 준비를 간소하게 하는 것에 동의했다. 하지만 시부모님께서 현금 예단만큼은 생략하지 않았으면 좋겠다고 말씀하셨다. 나는 그때나 지금이나 현금 예단을 해야 하는 이유를 모르겠다. 그동안 우리나라의 결혼 풍습을 보면 남자는 함께 살 집을 마련하고, 여자는 그 집을 채울 혼수를 준비해왔다.

혼수보다 집을 사는 데 훨씬 돈이 많이 드니, 남자 측에 감사하다는 의미, 혹은 큰돈을 쓰셨으니 살림에 보태시란 의미로 현금 예단을 보냈던 걸까. '현금 예단은 집값의 10퍼센트를 한다'는 것이 지금도 통용되는 무언의 규칙 같았다.

하지만 시대가 달라지고 있다. 집 한 채 들고 장가오는 남자는 많지 않다. 남자, 여자가 함께 돈을 모아 집도, 혼수도 마련하는 일이 늘었다. 그런데도 현금 예단은 여전히 여자의 몫이라니 아이러니하다.

남편은 일한 지 1년 만에 결혼해 모은 돈이 거의 없었다. 시가에서 전셋집 보증금을 보태주셨지만, 따지고 보면 나도 그 정도의 결혼 비용을 지출했다.

어느 한쪽이 차이가 날 만큼 크게 돈을 쓴 것도 아니건만, 나는 그놈의 전통이 뭐라고 '피 땀 눈물'로 모은 천만 원을 내 손으로 인출해, 내 손으로 포장하고, 내 손으로 갖다드렸다. 물론 그게 아까워서 주차장에 있는 자동차 사이드 미러를 다

깨부술 뻔했다는 건 아니지만, 결코 유쾌한 경험도 아니었다.

어쨌든 우리는 예단비 외의 사치스러운 과정, 예를 들면 시계나 가방을 주고받는 일 따위는 하지 않기로 했다. 그런데 상황이 좀 애매하게 됐다. 남편이 결혼 전 차를 사고 싶어 했는데 300만 원이 부족한 상황이었다.

그 금액만 할부로 하겠다기에 나는 망설임 없이 "그럼 차 살 때 보태"라며 300만 원을 내놓았다. 어머님은 내가 기특하다며 굉장히 칭찬하셨고, 아들의 차 값을 보탠 착한 예비 며느리를 위해 가방을 사주기로 단독 결정을 내리셨다.

"일하는 중이니?"

"네, 잠깐 통화는 괜찮아요. 어머님 어쩐 일이세요?"

"지금 백화점 왔어. 네 가방 사려고."

"네? 가방이요?"

"응 그래. 돈은 없는데 네가 예뻐서 하나 사주려고 한다. 무슨 색이 좋니?"

근무 중 걸려온 당황스러운 전화였다. 대뜸 가방 색을 고르라고 하셔서 어리둥절했다. 어떤 브랜드인지, 어떤 모델인지 묻고 싶었지만 차마 입이 떨어지지 않았다. 지금 매장이니 얼른 고르라는 말씀에 나는 그냥 생각나는 대로 말했다.

"네, 네이비요."

"베이지?"

"아니, 네이비요."

"그래, 베이지가 예쁘지."

나의 발음이 잘못됐던 걸까, 이미 정답은 베이지였을까. 그렇게 두 번째 명품 가방이 생겼다. 하지만 기쁘지 않았다. 아무리 남들에게 보여주기 위한 용도라지만 이건 내가 감당할 수 있는 디자인이 아니었다. 엄마가 보자마자 "아이고, 이거 어쩌니" 하며 얼굴을 찡그릴 정도로, 가방은 땅 보러 가는 할머니 손에 들려 있을 법한 비주얼을 자랑했다.

"어때, 가방은 마음에 드니?"

"정말 감사합니다. 그런데 제가 원하던 디자인과는 조금 달라서요. 이왕이면 마음에 드는 걸로 사는 게 좋으니 바꿔도 될까요?"

"아…… 그러니? 그럼 바꿔야지. 매장에 연락해두마."

다음 날 나는 백화점으로 향했다. 매장에는 곱디고운 아이들이 두 팔 벌려 나를 기다리고 있었다. 내가 말했던 네이비

색상의 가방도 있었다. 매장 점원은 어머님에게 연락을 받았다며 마음에 드는 것으로 편하게 고르라고 말했다. 백화점 매장에서 명품 가방을 구경한 적은 태어나 처음이었다. 이것저것 만져보고 들어보다가 드디어 한 놈을 콕 찍었다.

"이걸로 바꿀게요."

"네, 손님. 이 상품은 사계절 언제 들어도 너무 세련되고 예뻐요. 추가 금액은 100만 원입니다."

지금 무슨 이야길 들은 거지? 100만 원을 더 내라고? 점원은 새로 고른 가방이 어머님이 선물해주신 것보다 비싸 추가 금액을 내야 한다고 설명했다. 나는 속으로 '그 정도로 마음에 들지는 않는데' 하며 세련되지만 몸값 높은 그 아이를 내려놨다.

하지만 민망한 상황이 계속됐다. 그 옆의 아이를, 또 그 옆의 다른 아이를 골라도 추가 금액은 100~150만 원이 기본이었다. 결국 똑같은 디자인의 다른 컬러를 골랐는데, 그마저도 추가 금액 70만 원이 붙었다.

"손님, 어머님께서 구매하신 가방이 세일 상품이라서 다른 것들은 모두 추가 금액이 조금씩 붙을 거예요."

"아……. 그럼 여기 매장에서 이 가방이 제일 저렴한 건가요?"

얼굴은 붉어지고 목소리는 얇게 떨렸다. 창피하기도 하고 자존심도 상했다. 점원은 나의 질문에 대답하지 않았다. 대신 더 어처구니없는 얘기를 했다.

"그럼 이건 어떠세요? 이번에 새로 나온 신상인데 이왕 추가 금액 내시는 거, 이게 제일 잘 나가거든요. 시누이 분도 이걸로 사셨어요."

잠깐, 잠깐. 갑작스러운 시누이의 등장? 그렇다. 어머님은 나의 가방을 사러 시누이와 함께 왔고, 며느리에게는 매장에 진열도 안 하는 세일 가방을, 딸에게는 요즘 가장 잘 나가는 신상 가방을 사주셨다.

점원의 이야기에 손이 바들바들 떨렸다. '결혼 비용'이라며 매달 꼬박꼬박 넣어온 적금을 깨서 갖다 드린 나의 천만 원어치 피 땀 눈물이 세일 가방으로 돌아왔다니 허망했다. 눈에서 그야말로 피 땀 눈물이 흐를 것 같은 기분이었다.

'며느리를 딸처럼 생각한다'는 말은 희대의 망언이다. 며느리와 딸은 세일 가방과 신상 가방만큼 다르다.

나는 두 번째 명품 가방을 한 번도 들지 않았다.

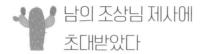

남의 조상님 제사에
초대받았다

연애 사업이 인생의 목표이자 삶의 낙이었던 20대. 한껏 들떠 얼굴에 분칠 좀 하고 집을 나서는 날마다 엄마는 내게 문자 한 통을 남겼다.

오늘 제사. 일찍 와라.

양질의 소개팅이 잡힌 날에는 어김없이 제사가 나의 발목을 잡았다. 지금 생각해보면 주 3회 이상 성실하게 소개팅과

미팅에 참석했으니 조상님을 만나는 날과 새로운 이성을 만나는 날이 겹치는 것은 그리 이상한 일도 아닌 듯싶다.

미리 말해줬으면 진작에 다른 날로 잡았을 텐데 엄마는 꼭 당일, 그것도 약속 몇 시간 전에 통보해 나의 분통을 터뜨렸다. 의도치 않게 상대방을 바람맞힌 꼴이 됐으니 얼굴 한 번 못 본 남자들에게 차이는 일도 비일비재했다.

어쩌면 그렇게 파투 난 소개팅 중 운명의 짝을 만날 기회가 있었을지도 모른다. 조상님께서 나의 소개팅을 친히 여러 번 박살 내주신 덕분에 나는 그들을 요리조리 잘도 피해 지금의 남편을 만나게 됐다. 조상님께 더 화가 나는 대목이다. 소개팅을 파투 내고 집에 돌아와 제사를 치를 때면 언제나 나는 간절한 마음으로 기도를 드렸다.

'조상님, 제발 다음 제사는 소개팅을 피해 주세요. 그리고 제사 안 지내는 남자와 결혼하게 해주세요!'

어디서부터 어떻게 잘못된 건지 모르겠지만 조상님은 나의 간절한 두 가지 기도를 모두 깔끔하게 무시하셨다. 나는 제삿날마다 미래의 남편 후보들에게 소개팅 취소 문자를 보내야 했고, 성실히 제사를 지내는 시가까지 얻게 됐으니 말이다.

시가에서의 첫 제삿날, 남편은 해외 출장으로 한국을 떴고, 나는 남편 없이 제사에 초대받는 비극적이고도 잔인한 상황에 놓였다. 게다가 회사 일도 매우 바쁜 상황이라 남의 집 제사 구경 가기 전에 셀프 제사를 먼저 치러야 할 판이었다.

"악아야, 다음 주에 제사인 거 알지?"

"악아야, 제삿날 몇 시에 올 거니?"

"악아야, 뭐 사 올 필요 없다. 그냥 돈으로 주면 되지."

"악아야, 내일 일찍 오너라."

"악아야, 퇴근했니? 이따 몇 시에 도착하니?"

혹시라도 며느리의 기억력이 퇴화했을까 걱정된 어머님은 제사 일주일 전부터 끊임없이 제삿날을 상기시켜 주셨다. '이 정도면 조퇴하고 달려오겠지' 하며 내심 흐뭇한 미소를 지으셨을지도 모른다. 하지만 다정한 잔소리는 청개구리 며느리의 엉덩이를 더욱더 무겁게 만드는 법. 어머님의 닦달은 오히려 야근을 자처하는 원동력이 되어버렸다.

"어머님, 죄송해요. 일이 많아서 조금 늦게 퇴근할 것 같아요. 빨리 끝내고 갈게요."

오늘 할 일을 내일로 미루는 것은 바람직하지 않다. 게다가 회사에 있으나 시가에 있으나 일복이 빵빵 터진 상황이라면 야근 수당이라도 받는 회사에 있는 편이 훨씬 더 경제적이다. 말씀하신 제사 비용도 챙겨두었으니 그것으로 나의 지각비는 퉁 치면 된다.

시가에 도착하니 밤 열 시가 넘었다. 엘리베이터 안에서 열심히 머리를 굴렸다. 어떤 말을 해야 자연스럽게 이 상황을 넘어갈 수 있을까. 역시 어머님은 손도 빠르시다며 칭찬 세리머니를 펼쳐볼까. 아니면 들어가자마자 이놈의 회사 때려치우겠다며 신세 한탄을 시작할까. 일단은 칭찬으로 분위기를 떠본 뒤 신세 한탄으로 깔끔하게 마무리를 지어야겠다.

"어머님, 벌써 음식을 다……? 아, 아직 안 하셨구나."

역시 어머님의 내공은 한낱 며느리 따위에 비할 것이 아니다. 야근 후 몸과 마음이 지쳐 다크서클을 문신처럼 진하게 그리고 온 며느리와 함께 제사 준비를 하고 싶어 한밤중까지 손 놓고 기다리시다니! 고부간의 정은 제사 음식을 준비하며 싹튼다는 말이 괜히 생긴 게 아닌가 보다.

식구들이 먼저 제사 음식을 준비하고 있겠거니 생각하다니, 내가 너무 오만방자했다. 식재료는 장바구니에 담긴 채 식탁 위에 다소곳이 놓여 있었고, 그들은 치킨을 먹을까, 피자를 먹을까 심오한 토론을 이어가는 중이었다.

"악아야, 저녁 먹었니? 너 기다리다가 우리 배고파 죽는 줄 알았다."

"저는 야근하면서 간단히 먹었어요."

"먹었어? 진작 좀 얘기하지. 우린 너 올 때만 기다리고 있었는데. 그럼 일단 저것들 좀 정리하고 있어 봐. 우린 치킨이나 시키자."

거 참, 손님 초대해놓고 접대가 영 섭섭하시네. 손님더러 주방으로 직행하라뇨. 혹시 초대가 아니라 소환이었나. 생닭도 사 오셨다면 닭 모가지를 한 방에 비틀어 맛나게 치킨도 튀겨드릴 텐데 그러지 못한 아쉬움에 주먹이 불끈 쥐어졌다.

너무 피곤한 탓에 눈앞이 뿌예져 시금치가 고사리 같고 도라지가 시금치 같았다. 도대체 나는 조상님께 뭘 그렇게 밉보였기에 남의 집 제사에 초대 당해 삼색 나물을 벗 삼아 긴 밤을 지새워야 하는 걸까. 굿이라도 한판 벌여 따지고 싶었다.

얼굴 한 번 뵌 적 없는 남의 집 조상님 제사상을 부랴부랴 차려내고 나니 내 몰골은 제사상의 숙주나물과 다를 바 없어졌다. 당장이라도 집으로 돌아가고 싶은데, 제사 음식은 식구들이 먹어야 한다며 옆구리를 찌르시니 굳이 밥상을 또 한 번 차렸다.

그들은 시금치를 다듬지 않고 먹기만 해서 그런지 새벽까지도 뽀빠이처럼 힘이 넘쳐났다. 제사에 참석하지 못한 장남이 보고 싶다며 영상 통화까지 걸었다. 어머님은 제사상 차리기 저주에서 벗어난 기쁨을 주체하지 못하시고 남편을 위한 특급 장난까지 기획했다. 대망의 '며느리 욕하며 아들 떠보기' 몰래카메라.

"아들, 오늘 제사인데 악아 왜 안 왔니?!"

"오늘 제사야? 엄마는 진작 말했어야지 왜 말을 안 해. 악아 요즘 바빠서 야근하고 있을 거야."

"아니, 걔는 어떻게 제사를 까먹을 수가 있니? 음식 준비 내가 다 했잖아!"

"아……. 내가 잘 챙기라고 했는데 바빠서 깜박했나 봐. 그러니까 미리 말해주지 그랬어."

미친 연기력이라는 말은 이럴 때 써야 하는 법이다. 웬만한 연기파 배우 엉덩이는 걷어차고도 남을 혼신의 연기에 넋이 나갈 뻔했다. 갈고닦은 연기 실력을 뽐내고 싶으셨던 건지, 늦게 온 며느리를 돌려 까고 싶으셨던 건지 그 속사정까지 헤아릴 그릇이 안 된다는 게 한탄스러웠다. 다만 한 가지 확실한 건 그중 딱 한 사람만 빼고 모두가 꽤 즐거웠다는 것이다. 나 하나 희생해 모두가 즐겁다면야 기꺼이 이 한 몸 바치오리다.

하지만 뭔가 개운치 않다. 해감 안 된 조개를 잔뜩 먹은 듯 혓바닥이 까칠하고, 장마철 강냉이를 씹은 듯 눅눅하고 찝찝하다. 아무래도 눈앞에 펼쳐진 막장 드라마의 상황 설정과 대사 코드가 나와는 맞지 않는 듯싶다.

자기 조상님 제삿날을 모르는 아들에게 남의 조상님 제삿날을 안 챙긴 며느리 흉을 보는 모습이라니. 장남이 제삿날을 모르는 건 당연한 일이고, 이제 막 시집온 며느리가 깜빡 잊는 건 불같이 화를 낼 일이 된다. 기승전'며느리 수난 시대'다.

가만 생각하니 신혼여행에서 돌아온 내게 어머님이 가장

먼저 챙겨주신 것은 다름 아닌 시가 경조사 일정이 빼곡히 적힌 종이였다. 나는 마치 집문서라도 넘겨받는 양 방 한구석에서 조용하고 은밀히 경조사 리스트를 주머니에 넣었다.

"가서 달력에 꼭 표시해두고 잘 챙겨야 한다."

친정 식구들 생일도 깜박할 때가 있는데 시가 식구들 생일에 시부모님 결혼기념일까지 상세히 적어주시는 그 의중을 파악하지 못했던 나는 순진한 얼굴로 고개를 끄덕였다. 그때 그 종이를 들고 곧바로 거실로 뛰어나가 남편에게 스피드 퀴즈라도 냈어야 하는 건데 후회가 됐다. 그 빼곡한 리스트 중 남편은 과연 몇 개나 알고 있을까.

식구들은 남편이 속았다며 까르르 배를 잡고 웃었다. 핸드폰으로 숙주나물이 된 나를 비추며 "악아 여기 왔지. 어떻게 제사를 까먹겠니" 하며 또 한 번 웃었다. 남편은 안도의 한숨을 내쉬었고 나는 다른 의미의 한숨을 내뱉었다.

착한 아들, 좋은 오빠,
훌륭한 남편

아주 먼 옛날, 우애가 돈독하기로 소문난 남매가 있었어요. 맞벌이로 바쁜 부모님 때문에 둘이서 보내는 시간이 많았던 남매는 서로를 끔찍하게 아끼고 챙겨주었지요. 오빠의 껌딱지였던 여동생은 친구들을 만나러 나가는 오빠를 자주 따라다니곤 했는데요. 오빠의 친구들은 미모가 출중하고 애교도 넘치는 여동생을 언제나 환영했어요.

그러던 어느 날, 큰 문제가 생겼어요. 오빠에게 못된 여자 친구가 생긴 거죠. 여자 친구는 오빠를 졸졸 따라다니는 여동생이 영 못마땅했습니다. 데이트까지 따라 나온다고 하니 어안이 벙벙했죠. 밸런타인데이를 기념해 계획한 스키장 데이트에 여동생과 셋이 가자는 남자 친구의 말에 그게 무슨 개소리냐며 불같이 화도 냈지만 이미 두 남매는 신나게 짐을 싼 상태였습니다. 어쩔 수 없이 셋은 밸런타인데이를 스키장에서 함께 보내며 잊을 수 없는 추억을 쌓고 왔답니다.

그 후에도 여동생은 자주 오빠의 데이트에 합류했습니다. 자신의 애인까지 데리고 2:2로 만나는 일이 빈번했죠. 못된 여자 친구는 억누를 수 없는 분노에 휩싸였고, 결국 남자 친구에게 "여동생 커플을 데려오지 말라"고 선전포고 했습니다. 하지만 그는 자기 동생과 어울리기를 싫어하는 여자 친구가 이해되지 않았어요.

못된 여자 친구는 바짝 약이 올랐습니다. 그래서 꾀를 내었죠. 남자 친구와 가기로 한 2박 3일 제주도 여행에 이번에는 자신의 여동생을 데려가자고 제안했습니다. 제주도 푸른 바다 앞에서 분위기 잡을 생각에 한껏 들떴던 남자는 갑작스러운 여자 친구의 여동생 등장에 당황했죠. 하지만 지금껏 한 짓이 있으니 차마 거절하지 못했습니다. 그렇게 세 사람은 제주도에서 23일 같은 2박 3일을 보내고 돌아왔답니다.

그 후 남자는 느낀 게 있는지 다시는 데이트에 여동생을 부르지 않았습니다. 평화로운 연애가 이어졌고 결국 둘은 결혼에 성공해 오래오래 행복하게 살았……을까요?

며칠 전 열흘간의 유럽 출장을 다녀왔다. 생애 첫 해외 출장을 유럽으로 간다는 사실에 들떠 몇 날 며칠을 정신 나간 사람처럼 하늘만 보고 히죽거렸다. 하지만 막상 떠나보니 고생도 이런 생고생이 없었다. 작열하는 태양 아래서 매일 여덟 시간 이상을 걷고 또 걸었고, 아침마다 호텔을 옮기며 하루에 두세 번씩 기차를 탔다. 결정적으로 독일어, 영어, 이탈리아어는 제멋대로 섞어 쓰지만 우리말은 한 마디도 할 줄 모르는 가이드 언니가 열흘 내내 내 옆을 지켰다.

유배지가 따로 없는 그곳에서 내게 한 줄기 희망이 된 것은 호텔의 조식 뷔페였다. 수다스러운 금발의 가이드 언니에게서 벗어날 수 있는 유일한 시간은 오직 아침뿐이었으니 말이다. 나는 매일 저녁 만신창이가 되어 침대에 쓰러져도 새벽이 되면 득달같이 일어나 조식 뷔페로 달려갔다. 홀로 조용히 먹는 아침 식사가 그렇게 꿀맛일 수 없었다. 주방장에게 오믈렛을 하나 주문하고, 오렌지와 사과도 직접 갈아 신선한 주스도 들이켰다. 곡물 빵을 살짝 데워 훈제 슬라이스 연어를 올린 뒤 토마토와 양파를 덮어 오픈샌드위치까지 만들어 먹으며 흐뭇한 미소를 지었다.

유럽으로 떠난 지 5일째, 그날은 이탈리아 밀라노에서 아침을 맞았다. 패션의 도시 밀라노에 온 만큼 동양의 '패피'처럼 보이고 싶어 새벽부터 옷을 여러 벌 갈아입었다. 맨투맨 티에 청바지를 매치했으나 무전여행을 떠난 배낭족같이 후줄근했다. 반팔 티셔츠에 카디건도 걸쳐보았지만 쌍팔년도 청춘 패션지의 모델 같았다. 밀라노 소울을 담기에 나의 캐리어 내용물은 너무나 비루했다. 갈아입고 또 갈아입기를 수차례 반복하다 결국 불편하기 짝이 없는 머메이드 치마에 블라우스를 걸치고 나서야 만족스럽게 방을 나설 수 있었다.

동양 패피로서 품위 유지를 하느라 아침 식사 시간이 늦어졌다. 가이드와의 미팅 시간이 겨우 20분밖에 남지 않았다. 조금 촉박하긴 하지만 20분이면 코리안의 저력을 보여주기에 충분하다.

재빨리 움직여 빵과 시리얼, 과일을 접시에 담았다. 식사를 시작하려니 친절한 웨이트리스가 카푸치노 한잔을 권했다. 그라찌에! 새로 산 머메이드 치마를 입고 밀라노에서 우아하게 모닝 카푸치노를 마시게 될 줄이야. 한껏 들뜬 마음에 콧노래가 절로 나오던 그 순간, 벨소리가 울렸다. 한국에 있는 남편에게서 걸려온 전화였다.

주말인데 할 일이 없어 시가에 갔다는 남편은 시누이와 함께 점심을 먹는 중이라고 했다. 잘 지내고 있다며 나의 안부를 전하고 나니 웨이트리스가 방긋 웃으며 카푸치노를 테이블에 내려놓았다. 하얀 우유 거품이 농밀하게 커피잔을 가득 채웠다. 보기만 해도 그 고소함과 부드러움이 입술에 닿을 듯했다. 수줍게 뿌려진 시나몬 가루의 달콤 쌉쓰름한 향은 코끝을 자극했다.

이제 내게 남은 시간은 채 10분도 되지 않았다. 미안하게도 남편의 전화는 이미 뒷전이고 오직 카푸치노만이 나의 눈, 코, 입을 사로잡았다. 이 거품이 꺼지기 전에 커피를 마셔야 한다. 나는 '지금 식사 중이니 나중에 전화하겠다' 말하고 통화를 마무리하려 했다. 그런데 남편이 다급히 나를 불렀다.

"자기야, 동생이 바꿔 달래."

결혼 후 한 번도 시누이와 통화를 해본 적이 없었다. 혹시나 용건이 있으면 늘 오빠를 통해 전했고, 문자도 주고받은 적이 없는 사이였다. 그런 그녀가 굳이 유럽에 있는 내게 전화를 건 이유는 무엇인가.

"언니, 유럽 출장 어때요? 너무 부러워요. 날씨는 어때요?"

언제부터 우리가 8,900킬로미터 떨어진 거리에서 다정히 전화 통화를 하는 사이였는지 모르겠지만 시누이는 시시콜콜 나의 유럽 출장 소감을 물었다. 부럽다, 재미있겠다 등의 셀프 감상문까지 적절히 섞어가며 통화를 이어갔다.

하지만 카푸치노는 그녀와의 통화를 진득하게 기다려줄 인내심 따위는 없었다. 맥없이 꺼져가는 거품이 심장을 조여 왔다. 나는 빙빙 돌기만 하는 이 통화를 서둘러 끝낼 필요성을 느꼈다.

"요 며칠은 너무 일정이 빡빡해서 자유 시간이 따로 없었어. 내일부터는 여유가 생기니까 화장품이나 향수 정도는 살 수 있을 것 같아. 시간 되면 사 갈게."

시누이는 그제야 안심이 됐는지 전화를 끊었다. 드디어 내게도 카푸치노 한잔의 여유가 생겼다. 커피잔을 들고 감격의 한 모금을 넘기려니 또다시 핸드폰이 울렸다. 남편이 보낸 문자였다.

자기야. 동생이 구찌 지갑 사다 달래.

구매대행 접수증이 잘못 전송된 걸까. 밑도 끝도 선입금도 없이 구찌 지갑이라니. 시누이는 직접 전하지 못한 속내를 오빠에게만 살짝 말한 듯했고, 남편은 조금의 망설임도 없이 바로 내게 문자를 전송했다. 나는 남편의 문자를 가볍게 무시했고, 그제야 비로소 카푸치노의 호사가 허락됐다. 이탈리아의 카푸치노는 정말이지 끝내준다.

열네 시간 동안 비행기에 꼼짝없이 갇혀 기내식 사육을 당한 뒤 인천 공항에 도착했다. 친히 연차까지 쓰고 마중을 나온 남편과 평양냉면 한 그릇을 뚝딱하고 나니 나의 귀양살이가 끝났다는 것이 실감났다.

집으로 돌아와 나만큼이나 만신창이가 된 캐리어를 열었다. 이제 선물을 정리할 시간이다. 회사 사람들과 가족들에게 나눠줄 선물은 따로 빼두고 남편을 위한 것도 꺼냈다. 다 정리하고 보니 내 것은 겨우 치약 하나뿐이었다.

가이드는 나를 '쇼핑 퀸'이라 불렀다. 일정 중 조금이라도 틈이 나면 곧바로 뛰쳐나가 쇼핑을 했다. 모두가 가고 싶어 했던 출장을 대표로 혼자 가게 된 것이 내심 미안해 회사 동료들의 선물을 먼저 챙기고, 오매불망 나를 기다릴 남편과 친정 식구들 것도 샀다.

결혼 전에는 그 정도만 하면 됐는데 이제는 시가까지 챙겨야 하니 선물 사는 것도 보통 일이 아니었다. 따로 자유 시간이 없으니 그 많은 사람의 선물을 사려면 틈나는 대로 움직여야 했다. 그렇게 캐리어의 절반을 선물로 채워왔는데 정작 그중에 내 것은 치약밖에 없다는 것을 깨달으니 어쩐지 조금 속상했다.

남편은 나의 쇼핑 결과물을 한참 뒤적이더니 밀라노 마그넷 세 개를 집어 들었다. 가장 친한 친구들에게 줄 선물이었다.

"친한 친구들인데 겨우 마그넷을 사 온 거야? 자기는 지인들을 너무 안 챙기는 것 같아."

남편은 웃으면서 말했지만 나는 그 속에 가시가 있다는 걸

눈치 못 챌 정도로 무디지 않다.

"안 챙기다니? 아가씨 지갑 안 사 와서 그러는 거야?"

정곡을 찔린 남편은 당황한 표정이 역력했다. 나는 아까부터 그가 선물더미를 뒤적이며 무엇을 찾고 있는지 알고 있었다. 정말로 내가 시누이의 지갑을 친히 사들고 왔을 것이라는 순진한 생각을 했던 모양이다. 내 립스틱 하나도 사지 못했건만 시누이의 지갑 셔틀이라니, 가당치도 않은 욕심이다.

"아니, 동생이 기대했을 텐데 좀 실망하겠네."

여보세요, 실망은 제가 먼저입니다. 차마 눈물 없이 볼 수 없는 감동적인 남매의 우애에 기가 막혔다. 재산 싸움하다 형제끼리 칼부림하는 건 이제 뉴스거리도 안 되는 시대에 이런 세상 둘도 없는 남매는 국가적 차원에서 보호가 필요하다.

시누이의 선물을 안 사 온 것도 아니었다. 면세점에서 사다 달라고 주문한 향수도 없는 시간 쪼개 사 왔고 립스틱, 화장품, 치약도 시누이 것을 따로 챙겼다. 남편은 구찌 지갑을 받지 못해 실망할 동생 얼굴만 떠올렸을 뿐, 자기 아내 거라곤

스위스 마트에서 산 치약 하나가 전부라는 건 보지 못했다.

나는 남편의 말에 기분이 상해 챙겨뒀던 시누이의 선물도 주기가 싫어졌다. 돈 들이고 시간 들여 힘들게 사 온 선물인데 받기 전부터 '실망할 것'이라니, 주고도 욕먹는 꼴이 바로 이런 건가 싶었다.

그는 잠시 '좋은 오빠'의 역할에 충실하느라 '좋은 남편'이 되는 것을 깜박했다. 좋은 남편이라면 지인을 챙기지 않는다고 말하기 전에 너를 먼저 챙기라고 말했을 것이다. 아니, 처음부터 동생의 지갑 주문을 굳이 전하며 나를 불편하게 만들지 않아야 했다.

사이좋은 남매 사이를 질투하는 것이 아니다. 남편이 동생에게 좋은 오빠가 되고 싶어 하는 마음도 충분히 이해한다. 내가 결혼 후에도 부모님께 여전히 좋은 딸이고, 동생들에게는 든든한 언니, 누나이고 싶듯이 말이다.

문제는 남편이 '모드 전환'에 수월하지 않다는 것이다. 결혼 전에는 '착한 아들' '좋은 오빠' 모드 두 개뿐이었는데, 결혼 후 '훌륭한 남편'까지 더해지니 과부하가 걸렸는지 자주 오류가 난다.

내 앞에서 대뜸 '좋은 오빠' 모드를 장착해 동생 지갑을 사다 달라고 하질 않나, 시부모님 앞에서는 시키지도 않은 '훌륭한 남편' 모드를 발휘해 눈총을 받는다. 남편의 모드 전환 오작동은 우리의 평화로운 결혼생활을 위해 반드시 극복해야 할 절체절명의 과제다.

시누이는 지갑을 받지 못했지만 나름대로 새언니가 챙겨준 선물에 충분히 기뻐했다. 남편의 괜한 오지랖과 입방정이 아니었다면 선물을 주는 나의 기분도 좋았을 것이다. 언제쯤 남편은 '착한 아들' '좋은 오빠' '훌륭한 남편' 세 개의 캐릭터를 능수능란하게 오갈 수 있을까? 그날이 바로 우리의 결혼생활에 진정한 행복이 깃드는 날이 아닐는지.

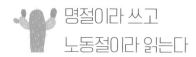

명절이라 쓰고
노동절이라 읽는다

　명절에 서로 출근하겠다는 유부녀 선배들을 보면 이해가
안 갔다. 출근보다 더 싫은 게 생긴다는 건 도대체 어떤 감정
인지 궁금했다. 쓸데없는 호기심은 언제나 화를 부르는 법.
나는 이제 선배들의 마음을 백번 이해한다. 오늘부터 잠들기
전에 기도해야지.

　'신이시여, 제발 이번 설 연휴에 지방 출장을 내려주소서!'

　사실 나는 결혼 전에도 명절이 반갑지 않았다. 유난스러운
엄마의 고집 때문이다. 엄마는 음식 솜씨가 좋아 뭐든 척척

맛있게 잘 만든다. 문제는 엄마 당신도 그 사실을 잘 알고 있다는 것이다.

"사 먹는 건 맛없잖니. 집에서 만들어 먹자."

시장에 가면 종류별로 노릇노릇 구워진 전이 가득하건만, 엄마는 녀석들에게 눈길 한번 준 적이 없다. 돈만 주면 제사 음식도 상다리 부러지게 차려준다는데 우리 집에서는 상상도 할 수 없는 일이다. 식구들의 입에 들어갈 음식은 오직 엄마의 손길이 닿은 것만이 허락된다.

명절이면 메인 셰프인 엄마의 진두지휘 아래 온 가족이 일사불란하게 움직였다. 요리 솜씨 좋은 여동생은 위풍당당한 수셰프가 되어 나물을 볶고 잡채도 만들고, 손이 빠른 아빠는 보조 조리사가 되어 전을 뒤집었다. 먹기만 잘하는 남동생은 기미 상궁으로 엄마 곁을 맴돌았는데, 나는 20년 가까이 dishwasher(있어 보이고 싶어 영어를 썼지만 그냥 '설거지 담당')를 벗어나지 못했다. 요리에는 영 재능도 없고 흥미도 없으니 큰 불만은 없었다.

시가의 명절 풍경은 우리 집에 비하면 상당히 현대적이다.

조상에게 예를 다해야 한다는 아버님의 뜻에 따라 차례를 지내긴 하지만 바쁜 현대인답게 음식 준비에 많은 시간과 노력을 쏟지 않는다. 동그랑땡은 마트에서 파는 냉동식품을 사서 빠르게 부쳐내고, 떡국은 시판용 사골육수로 간편하게 맛을 낸다. 어디 한번 먹고 죽어보자는 식으로 덤비지 않아 얼마나 다행인지 모른다.

그런데도 나는 여전히 명절이 싫다. 결혼 전보다 더 싫어졌다. 순수한 영혼을 자랑하는 남편은 음식도 별로 안 하는데 뭐가 힘드냐며 고개를 갸우뚱했다.

남편의 주부력(주먹을 부르는 능력)이 +10 상승했습니다.
여보세요, 명절 스트레스는 음식의 양과 비례하지 않아요.

결혼 후 첫 명절, 아버님과 남편은 밤을 깠다.
어머님과 나, 시누이는 주방으로 갔다.
남자 둘은 밤을 다 까고 TV를 봤다.
여자 셋은 음식을 준비했다.
남자 둘은 TV를 보다가 꾸벅꾸벅 졸았다.

여자 셋 중 한 명은 남자 친구를 만난다며 쫄래쫄래 밖으로 나갔다.

남자 둘은 꾸벅꾸벅 졸다가 다시 TV를 봤다.

남은 여자 둘 중 한 명은 친구에게 전화가 왔다며 슬쩍 안방으로 들어갔다.

남자 둘 중 한 명은 TV를 보다 다시 잠들고, 다른 한 명은 방에 들어가 컴퓨터 게임을 했다.

혼자 남은 여자는 음식을 했다. 설거지도 했다. 그리고 다시 음식을 하고 또 설거지를 했다.

어지간한 스릴러 영화보다 더 소름 끼치는 일이 벌어졌다. 시작은 분명 다섯이었는데 정신을 차리니 나 혼자 남았다.

"우리 며느리 잘하네."

한바탕 통화를 마치고 온 어머님은 똥 씹은 표정으로 전을 뒤집는 나를 칭찬했다. 놀러 나갔던 시누이도 쇼핑백을 한가득 들고 돌아왔다. 열심히 일한 새언니 먹으라며 식어빠진 핫도그도 건넸다. 안 그래도 기름 냄새에 토할 것 같았는데, 아이고 고마워라. 게임을 하던 남편이 어기적어기적 기어 나왔

다. 순간 내 눈에 스친 살기를 그는 보고야 말았다.

"……음식 다 했어? 내가 뭐라도 좀 할까?"

"어머, 아들! 주방에 여자가 셋인데 네가 왜 들어와. 아버지랑 술이나 한잔하고 있어. 음식 다 했으니까."

어머님, 주방엔 여자가 셋이지만 이상하게 한 명만 일해요. 다음 날 아침, 차례를 지낸 후 남편은 어제 마신 술이 안 깬다며 방으로 들어가 잠들었고 아버님은 TV를 보셨다. 시누이는 남자 친구와 하하 호호 통화를 했고, 어머님은 빨래를 돌리러 가셨다.

결국 이번에도 설거지는 자연스럽게 나의 몫이 됐다. 명절이면 늘 하던 설거지였지만 시가에서 이틀 내내 설거지 독박을 쓰니 기분이 색달랐다. 일당을 받지 못하면 노동청에 신고해야 할 것 같은 느낌이랄까. 설거지가 끝날 즈음 주방으로 온 어머님이 말을 걸었다. 점심 때 시누이의 남자 친구가 인사를 온다고 한다.

"점심 같이 먹고 가는 게 어떠니? 오랜만에 다 같이 보면 좋잖아."

나의 뇌는 제멋대로 어머님의 말씀을 번역했다.

'점심 먹고 설거지 한 판 더?'

가족끼리 즐거운 시간을 오래오래 보내고 싶은 어머님의 따뜻한 마음을 오해한 나는 그 자리에서 고무장갑을 벗어버렸다.

"아뇨. 엄마가 기다리셔서 가야 해요."

친정에 가니 역시나 엄마는 음식을 상다리 부러져라 차려 놨다. 엄마를 보자마자 눈물을 왈칵 쏟을 뻔했다. 엄마의 잘난 딸이 남의 집에서 일당도 못 받고 설거지만 하다 왔어요!

남편은 엄마가 해준 밥이 맛있다며 밥 한 공기를 뚝딱 비우고는 착한 사위답게 "그릇은 제가 나를게요"라며 쟁반을 찾았다. 엄마는 그런 남편을 말렸다.

"잠깐, 아무도 식탁에 손대지 마. 상 치우는 것도, 설거지도 남편이 할 거야."

평화로운 명절을 위해, 그리고 나의 요절을 막기 위한 '차선'의 선택이다. 시부모님 앞에서 '아들딸도 안 하는 설거지를 며느리에게만 시키는 것은 불합리하지 않나요?'라고 말하면 조만간 문제적 며느리로 〈안녕하세요〉에 출연할 것만 같았다. 그렇다고 명절마다 설거지 독박을 쓰자니 머지 않아 화병으로 요절할 게 분명했다.

"시가에서는 내가 설거지했으니까 우리 집에서는 남편이 해야 하는 거 아니야? 그래야 공평하지."

부모님은 '저년이 또 시작이네' 하는 눈빛으로 나를 바라봤고, 여동생은 언니 말이 맞다며 남편 앞에서 깐족거렸다. 남편은 조금 당황했지만 이내 자신의 운명을 받아들이고 주섬주섬 고무장갑을 꼈다. 그는 홀로 설거지를 했고 부모님은 거실에서 TV를 봤다. 나는 방에 들어가 침대에 누워 여동생과 수다를 떨었고, 남동생은 컴퓨터 게임을 했다. 손이 느린 남편은 땀까지 흘려 가며 한 시간이 넘도록 열심히 설거지를 했다.

명절이면 우리는 서로의 부모님 댁에서 설거지를 한다. 남편은 친정에서 설거지를 하고 난 뒤 시가에서 전처럼 편하게 있질 못한다. 물론 어머님이 주방에서 내쫓아 큰 도움은 안 되지만 주변에서 알짱거리며 '너는 혼자가 아니야'라는 무언의 메시지를 던지려 노력한다. 애쓰는 모습이 가상해 혹시나

'설거지 프리패스'라는 특혜를 하사하진 않을까 헛된 희망을 품고 있을지도 모른다. 하지만 어림도 없다.

남편, 이번 설에도 우리 열심히 설거지하자!

세 여자의 기싸움

가끔 시가에선 의자 앉기 게임이 벌어진다. 물론 예능 프로그램처럼 〈둥글게 둥글게〉 노래를 부르는 깜찍함 따위는 생략이다. 호루라기를 불어줄 사회자도 없다. 하지만 누군가는 앉고, 누군가는 앉지 못한다. 철저한 약육강식의 법칙이 적용된 기싸움에 따라.

이 집 식탁은 4인용이다. 시부모님, 남편, 시누이 네 식구가 사용할 때는 전혀 문제가 없었을 그 식탁에 며느리와 사위가 숟가락을 놓기 시작했다. 남자 셋, 여자 셋으로 식구가 늘어나면서 4인용 식탁은 비좁아졌다. 아담한 식탁에 옹기종기 모여 앉아서 식사하다 보면 본의 아니게 어깨빵 몇 번은 날리게 된다.

평화로운 식사를 위해서는 거실에 따로 교자상을 펴는 것이 낫다. 외식하고 들어와 간단히 차를 마실 때는 매번 교자상을 펴기가 번거로워 4인용 식탁을 티테이블로 쓰곤 한다.

의자 앉기 게임도 그때부터 시작이다. 4인용 식탁에 맞춰 의자도 네 개뿐이다. 사람은 여섯 명인데 의자는 네 개뿐이니 앉지 못하는 사람이 생기게 마련이다. 안타깝게도 항상 패자는 정해져 있다. 커피를 들고 조용히 소파로 향하는 아버님과 알아서 보조 의자를 꺼내와 가련하게 식탁에 파고드는 나의 남편. 승산 없는 게임에 미련하게 덤벼들 필요가 없음을 일찍이 깨달은 착하고 약한 두 남자는 알아서 의자 앉기 게임의 패자를 자청한다.

오랫동안 관찰자 시점에서 이 집을 자세히 살펴본 결과, 그들 사이에는 보이지 않는 서열이 존재했다. 일단 한눈에 봐도 아버님보다 어머님이 강하다. 집안에서 가장 목소리가 크며 모든 의사 결정권을 갖고 있다. 그래서 처음에는 왕관의 주인이 어머님이라고 생각했다.

하지만 가만 보니 아니다. 어머님의 머리 꼭대기에 누군가 앉아 있다. 조용히 뒤에 숨어 모든 것을 통제하는 자, 밥 먹듯 생떼를 부려도 용서되는 자, 바로 막내딸 시누이다.

나는 본능적으로 내가 비집고 들어갈 자리가 어딘지 파악했다. 기득권층인 두 여자 사이에 파고들어야 한다. 가능하다면 그 속에서도 우위를 차지하는 게 좋다. 그러기 위해서는? 보이지 않는 여자들의 피 튀기는 기싸움에서 절대로 지면 안된다.

시누이의 결혼을 앞둔 어느 날, 장모님의 사랑을 듬뿍 받는 예비 사위가 시가에 방문했다. 온 식구가 버선발로 나가 그를 환영했다. 특히 어머님은 맨발로 뛰어나가는 격한 리액션을 보이셨다. 혹시 오래전 잃어버린 택배 상자를 예비 사위가 찾아온 건 아닐까 의심이 들 정도였다.

안타깝게도 그의 손에 택배 상자는 없었지만, 대신 예비 사돈어른이 보낸 선물 꾸러미가 잔뜩 들려 있었다. 과일 바구니부터 고기, 예비 사돈어른이 손수 만들었다는 고급스러운 찬까지 알찬 구성이었다. 어머님은 하나하나 열어볼 때마다 돈 주고 배워도 그렇게는 못할 것 같은 고도의 리액션을 선보이셨다.

"어머나, 어머나! 사돈어른께서는 뭘 이렇게 많이 보내셨대. 역시 우리 사돈이 최고네, 최고야! 가만 있어 봐라, 잘 받았다고 전화 좀 드려야겠다."

근사한 선물 앞에 모두가 설렌 표정이었다. 단 한 사람, 심보가 못돼먹은 며느리를 제외하고. 나는 어머님의 기쁨과 환희에 마음이 상했다. 쌀부터 과일, 엄마가 직접 만든 김치까지 여태껏 우리 집에서 보낸 선물을 받았을 때와 그 리액션의 온도가 사뭇 달랐기 때문이다.

"마침 김치 떨어졌었는데 잘됐다. 사돈께 감사하다고 전해드리렴. 언제 한번 식사 대접한다고 말씀드리고."

그게 끝이었다. 문자도 전화도 없었다. 말로는 식사 대접을 열두 번도 더 하셨지만 직접 어른들이 만난 적은 없었다. 하지만 사위에게는 달랐다. 어머님은 바로 예비 사돈댁에 전화를 걸어 감사 인사를 전했다.

며느리가 가져온 것은 시가에 당연히 바쳐야 할 조공이요, 사위가 가져온 것은 사돈이 친히 하사한 선물이라네.

며느리와 사위를 대하는 시가의 태도가 다르다고 익히 들어 예상은 했지만, 사돈댁을 대하는 태도마저 차이가 나니 어쩐지 웃음이 나지 않았다. 한바탕 선물 증정식을 마치고 잠시 모여 앉아 차를 마시는데, 어머님께서 예비 사위를 위해 준비한 선물을 들고 오셨다. 슬쩍 본 쇼핑백 로고가 심상치 않았다. 설마 저것은 모든 남자의 로망인 그 '놀랬스' 시계?

어머님은 예비 사위가 적어준 모델명을 매장 점원에게 보여주고 쿨하게 결제했다며 목소리에 힘을 주셨다. 며느리 가방은 합리적인 가격에 실용성과 심미성을 고루 갖춘 것으로 직접 골라주시더니, 사위 시계는 고르기가 영 귀찮으셨나 보다. 다시 한 번 어머님의 배려에 깊이 감동하며 '역시 며느리 사랑은 시어머니'라고 되새겼다.

"우리 사위 더 좋은 거 해줘야 하는데, 아들 장가갈 때 며느리한테 다 해줬더니 많이 해줄 수가 없네. 이것 참 미안해서 어째."

어머님, 저 여기 있어요. 며느리가 저 말고 또 있었나요? 내가 받은 거라곤 세일 가방이 전부였는데 무슨 말씀을 하시는 건지 의아했다. 함 들어올 때 남편이 가져온 친정 엄마 화장품 세트도 어머님이 사주신 거라며 하도 갚으라고 독촉해 결혼 후 나의 월급 통장에서 계좌 이체 해드린 기억이 아직도 생생한데……. 혹시 나를 위해 뭔가를 준비하셨는데 깜박 잊고 여태 안 주신 걸까?

"어머님, 누가 들으면 진짜 뭐라도 많이 해주신 줄 알겠어요. 호호호."

나는 가증스러운 웃음으로 어머님의 말을 툭 받아쳤다. 예비 사위 앞에서 기세등등한 모습을 보이고 싶은 그 마음을 모르는 건 아니지만, 제물이 되어드릴 기분이 아니다. 까르르 웃으며 말하니 모두가 덩달아 웃음을 터뜨렸다. 토크쇼 출연자가 웃으면 묻지도 따지지도 않고 일단 따라 웃는 방청객처럼 하하 호호 웃었다. 덕분에 가족 드라마의 한 장면처럼 호탕한 웃음소리가 집안을 가득 채웠다.

예비 시매부는 시누이를 위한 보석 꾸러미도 들고 왔다. 다이아몬드 목걸이와 귀걸이, 반지 세트가 어찌나 반짝이던지 차마 두 눈 뜨고 볼 수가 없어 고개를 돌렸다. 어머님은 우리 딸에게 너무 잘 어울린다며 물개박수를 쳤고, 남편도 비싸 보인다며 연신 감탄했다.

나도 입을 풀며 폭풍 리액션을 선보이려 했지만 어쩐지 입이 떨어지질 않았다. 김중배의 다이아몬드에 넘어간 심순애의 마음이 십분 이해됐다. 탐욕으로 가득 찬 나는 시누이의 다이아몬드 세트가 그저 부러웠다.

"너무 예쁘다."

시누이를 만족시키기 위해서는 부사, 형용사가 적절히 섞인 감탄문을 500자 이상으로 풀어놔야 하는데 겨우 다섯 자만 내뱉었다. '언니, 어서 더 해봐요'라고 말하는 그녀의 눈빛을 읽었지만 나는 어색한 미소밖에 나오지 않았다. 시누이는 자신의 다이아몬드를 칭송하지 않은 새언니에게 실망했다.

"새언니는 결혼할 때 다이아몬드 뭐 받았어요?"

시누이가 원 펀치를 날렸다. 결혼할 때 예물을 생략했다는 걸 뻔히 알고 있으면서 '나는 아무것도 몰라요' 하는 세상 순진한 얼굴로 두 눈 껌벅이며 물었다. 그래, 타인의 결핍만큼 자신의 우월감을 찾기 쉬운 방법도 없으니까.

나는 최대한 무덤덤한 표정과 말투로 아무것도 받지 않았다고 말했다. 시누이는 연극배우처럼 순식간에 표정을 바꿨다. 세상 저렇게 불쌍하고 가엾은 여자가 또 있을까 하는 얼굴로 나를 바라봤다. 내 동생이었다면 이미 말보다 주먹이 먼저 나갔을 텐데, 우리가 한 핏줄이 아닌 걸 감사하게 생각하길 바랐다.

"얘, 악아야. 너 무슨 소리 하는 거니? 네가 지금 하고 있는 목걸이, 그거 다이아몬드야! 너한테 얼마나 잘 어울리니. 딱이다, 딱이야!"

나의 깊고 깊은 쇄골짜기(쇄골이 깊어 골짜기라 착각할 수 있다)에 묻혀 있던 그것은 남편이 프로포즈 때 선물한 목걸이다. 그렇지, 그때 나는 이것을 받고 폭풍 눈물을 흘렸더랬지. 여태껏 남편이 없는 돈 긁어모아 사준 줄 알고 볼 때마다 짠했는데, 목걸이 지분이 어머님에게 있었나 보다.

어머님은 시누이의 1캐럿 다이아몬드 세트 앞에서 며느리 기죽지 말라며 나의 1부 다이아 목걸이를 콕 집어 강조하셨다. 게다가 시누이는 1캐럿이 잘 어울리고, 며느리는 1부가 제격이라니 흥에 겨워 당장이라도 목걸이를 씹어 먹을 수 있을 것 같았다.

"이거 다이아몬드예요? 너무 작아서 몰랐어요."

흥에 취해 얼씨구나 마음의 소리가 튀어나왔다. 즐거운 대화의 기본은 모름지기 솔직함이니까. 상대방이 솔직하게 자신의 속마음을 표현하는데 나만 감추고 피하는 것은 예의가 아니다. 나도 상대만큼 솔직한 이야기를 들려줘야지.

주고받고, 던지고 메치고, 막고 피하고. 그게 바로 대화의 기술이 아닐는지. 그런 의미에서 우리 세 여자는 대화의 장단이 참 잘 맞는다. 아, 오늘도 평화로운 시월드여.

 남편의 독립을
응원합니다

　남편은 장점이 많은 사람이다. 좋아하는 일에 대한 집중력
이 높고, 운동도 즐겨 한다. 옷도 패셔니스타처럼 센스 있게
잘 입고, 피부는 송중기 뺨치게 맑고 투명하다. 4년을 만나는
동안, 그는 한 번도 빠짐없이 내가 시야에 들어오는 순간 방
긋 웃으며 손을 흔들어줬다. 누구에게나 친절하고 예의 바른
사람이며 어지간한 일에는 화도 잘 내지 않는다. 그의 밝은
에너지가 참 좋았다.

　그것은 모두 콩깍지였을까, 신의 장난질이었을까, 가혹한

운명이었을까. 그때의 나여, 매우 편협한 시각을 가졌었구나.

연인에서 부부로 관계가 달라지니 남편의 장점이 모두 단점으로 바뀌는 기적이 눈앞에 펼쳐졌다. 남자 친구였을 때는 사람들에게 자랑하기 바빴던 면면들이 남편에게 적용되니 분노 유발 행위로 변질됐다.

남다른 집중력을 발휘해 TV를 볼 때면 아내가 화장실에서 먹은 것을 다 게워도, 베란다에서 고꾸라져 무릎으로 기어와도 전혀 눈치 채지 못한다. 운동을 즐기는 만능 스포츠맨께서는 야구 동호회와 테니스 강습, 헬스까지 섭렵하시느라 얼굴 한번 뵙기가 참으로 어렵다. 패셔니스타의 품위 유지에는 큰 비용이 들고, 송중기 뺨치는 피부 관리를 위해 사용하는 화장품은 화장대를 가득 채우고도 남는다. 아내의 속이 부글부글 끓어 넘치든 말든 세상 순진한 얼굴로 방실방실 웃는 모습은 특히나 뒷목을 잡게 하는 킬링 포인트다.

이 정도만 해도 애교로 봐줬을 텐데, 결혼 후 뒤늦게 발견한 남편의 치명적 단점은 그가 너무나 친절하고 예의 바른 사람이라는 것이다. 나뿐만 아니라 70억 세계인 누구에게도 그렇다. 옆집 아주머니에게도, 집 앞의 횟집 사장님에게도, 치킨 배달원에게도 깍듯하고 상냥하다. 그것을 질투하거나 의심하는 건 아니다. 어머님에게는 특히나 착한 아들이 된다는 것, 그것이 문제의 시발점이다.

얼마 전 남편이 필요한 서류 몇 개를 프린트해달라고 부탁했다. 그중 은행 관련 서류도 있어 공인인증서가 들어 있는 USB와 함께 공인인증서 비밀번호도 넘겨 받았다. 그동안 우리 부부는 서로의 통장 내역을 확인한 적이 없다. 어지간한 믿음 없이는 힘든 일이라고 생각할 수 있지만 그저 게으르고 귀찮았을 뿐이다.

부부 사이에도 상도덕이 있는 법이니 공인인증서를 손에 쥐고도 남편 몰래 통장 내역을 뒤져보는 행동은 하지 않았다. 이 역시도 신뢰보다는 귀찮음이 한몫했다. 다만 나의 쓸데없이 좋은 머리가 그 비밀번호를 한 번에 외워버렸다. 그것은 훗날 판도라의 상자를 여는 열쇠가 됐다.

어느 주말 아침, 식사 후 커피를 마시며 남편과 이야기를 나눴다. 얼마 전부터 시부모님께서 용돈을 달라고 자주 말씀하셔서 그에 대해 논의가 필요했다. 시부모님께 용돈을 드린다면 얼마나 드려야 하는지, 똑같은 금액으로 친정에도 드려야 하는데 그럴 경우 생활비를 얼마나 줄여야 하는지 등을 점검했다. 숨만 쉬고 살아도 한 달에 나가는 돈이 적지 않은데, 또 지출이 늘어난다 생각하니 걱정이 앞섰다.

"아직 부모님 모두 일하고 계시는데 용돈까지 드려야 할까? 우리도 넉넉한 형편이 아닌데."

"나도 엄마한테 힘들다고는 했지. 하지만 계속 말씀하시는데 안 드리기도 어렵네."

수입은 고정적인데 지출은 늘어나니, 쓸데없이 새는 돈을 줄여야 했다. 나는 빵집에 쓰는 돈이 많고, 남편은 술자리에서 나가는 돈이 많았다. 빵과 술을 멀리하는 것이 우리 부부의 미션이었다. 빵순이에게 빵을 줄이라니, 상당한 고통이 예상됐다. 그것은 내 통통한 뱃살의 일등 공신이요, 퍽퍽한 삶속의 작은 사치였다. 빵 몇 개 안 먹는다고 얼마나 부자가 되겠냐 싶다가도 가난을 탈출하려는 굳은 의지로 스스로를 다독였다. 나는 눈물을 머금고 빵값을 줄이기로 다짐했다.

남편 역시 술값을 줄일 생각에 깊은 한숨을 내쉬었다. 술값은 대부분 한 명이 계산하고 더치페이하기 때문에 자연스럽게 통장 내역을 확인하게 됐다. 나는 남편의 핸드폰에서 은행 앱을 켜고 공인인증서 비밀번호를 눌렀다. 입출금 거래 내역 속에는 김 대리, 최 대리 등으로 불리던 남편 직장 동료들의 실명이 자주 등장했다. 계산기를 두드리며 낯선 이들의 이름 속을 휘젓던 중 익숙한 무언가에 손가락이 멈칫했다. 어머님의 이름이었다.

"이건 뭐야?"

남편은 노트에 낙서를 끼적이다가 힐끗 핸드폰을 보고는 눈동자가 심하게 흔들렸다. 은행 앱을 어떻게 열었냐며 반문했지만 그건 그가 해야 할 대답으로 적절하지 않은 듯했다. 얼굴까지 시뻘겋게 달아오르는 모습을 보니 수상쩍은 기운이 물씬 풍겼다. 나는 통장 내역의 과거를 거슬러 올라갔다. 한 달에 한 번씩 익숙한 그 이름이 등장했다. 이번 달도, 지난달도, 지지난달도 마찬가지였다. 남편은 결혼 후 지금까지 착실하게 매달 어머님께 돈을 입금하고 있었다.

"엄마가 용돈을 달라고 하시는데 안 드릴 수가 없잖아…….

자기가 알면 싫어할 것 같아서 내가 몰래 드린다고 했어."

그래 괜찮아. 그러지 말고 어깨 쫙 펴. 시원하게 명치 한 대 들어갑니다. 남편은 내 기분을 생각해 비밀리에 어머님께 매달 비공식 용돈을 부쳤다. 어머님은 그것을 흔쾌히 받아오셨고, 이제는 그것도 부족했는지 공식 용돈까지 추가로 요구하신 상황이었다. 이 모든 걸 나만 몰랐다.

이런 기분을 배신감이라고 말하나 보다. 영화 속에서 종종 들었던 '배신의 대가는 오직 죽음뿐'이라는 대사가 뇌리를 스쳤다. 그것은 과장이 아니다. 믿음이 깨지는 순간, 눈에 뵈는 게 없어진다. 뚜껑이 열려버린 나는 이성을 잃고 날뛰었고 남편은 땀까지 삐질 흘리며 그런 나를 진정시키려 애썼다. 한참 동안 화를 내다 집을 뛰쳐나왔다.

씩씩거리며 아파트 단지를 나서는데 주차장에 있는 남편의 차가 눈에 들어왔다. 분노 조절에 실패한 나는 죄 없는 남편 차에 날아 차기를 했다. 범퍼는 찌그러졌고 발자국이 그대로 남았다. 쓸데없는 짓이었다. 그런다고 화가 풀리는 것도, 남편이 반성할 것도 아닌데 말이다. 버스 정류장으로 가 아무 버스에나 올라탔다. 딱히 갈 곳도, 만날 사람도 없었다. 그렇게 종일 버스를 갈아타며 목적지 없이 이곳저곳을 달리다 해가 저물어서야 집으로 돌아왔다. 남편은 죄인 코스프레를 하며 나의 눈치를 봤다.

"미안해, 내가 잘못했어. 엄마한테 보냈던 만큼 장모님께도 드리자. 그럼 되지?"

다시 또 주차장에 다녀와야겠구나. 이번에는 차 앞 유리를 박살 내버리고 말겠다. 시가에 지금껏 보낸 용돈만큼 이제 와 친정에도 보내면 된다고 생각하다니, 참신한 문제 해결 능력이다. 그의 심플한 사고방식에 존경심을 표한다.

무엇 때문에 화가 났는지 그는 모르고 있다. 용돈을 드렸다고 화를 내는 게 아니다. 그것을 남편도, 어머님도 내게 말하지 않았다는 게 배신이다. 결혼 후 지금까지 나를 속였다.

"당신은 여태껏 결혼이 뭔지 모르고 있었고, 어머님은 당신을 결혼시킬 준비가 안 되셨네."

결혼을 하면서 남편과 나는 한 배를 탔다. 그 배가 나아갈 방향과 속도, 목적지를 정하는 것은 오로지 배에 탄 우리 둘의 몫이다. 남편은 그 사실을 간과했다. 부모라는 이유로 마음대로 키를 돌릴 수 있는 건 아닌데 말이다. 자고로 사공이 많으면 배가 산으로 간다고 했다. 남편과 내가 탄 배는 정원 초과다. 결혼과 동시에 부모님의 품을 떠났는데, 남편은 여전히 아들로서 책임감이 1순위였다. 시부모님 역시 아들의 독립을 인정하지 않는다. 나는 남편을 원했지 누군가의 아들을 바랐던 것이 아니다. 이건 명백한 제품 하자다. 무상 A/S 또는 반품이 시급하다.

시끌벅적한 소동이었지만 그것을 계기로 남편은 독립운동을 시작했다. 다시는 우리 가정이 흔들리지 않도록 하겠다며 가정의 자립을 위해 총대를 멨다. 비공식 용돈을 드리는 일은 그만두고 소정의 금액을 시가와 친정에 똑같이 사용하되, 그 과정을 투명하게 공개하기로 약속했다.

시가의 요구에 일단 'YES'부터 답하는 일도 없어졌다. 어머님의 무한한 바람과 소망을 내게 그대로 전달하기 전에 본인의 선에서 거절하거나, 의논이 필요하면 함께 의견을 조율해 적절한 답을 찾았다.

물론 그로 인해 남편은 더 피곤해졌다. 어머님께 잔소리를 듣는 일이 부쩍 늘어났기 때문이다. 30년 넘게 효자였던 아들이 조금씩 변하는 모습에 시부모님이 느끼실 섭섭한 마음을 이해 못 하는 것은 아니다. 하지만 독립의 길은 언제나 그렇듯 험난하고 고되다. 그렇다고 피해갈 방법이 있는 것도 아니니 그저 묵묵히 걸어갈 수밖에. 남편의 독립, 온 마음으로 응원한다.

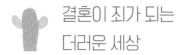

결혼이 죄가 되는
더러운 세상

신여성복음 3장 17절 말씀, 그분께옵서 가라사대.

모름지기 이른 아침의 시작은 모닝커피와 함께하라.

에스프레소 투 샷에 89도 물 100밀리미터를 넣은 아메리카
노 한 잔의 힘을 믿는 자, 아침잠에서 깨어나 정신이 번쩍 들
고, 에스프레소보다 쓰디쓴 세상 속에서 구원받을 지어니!

영화나 드라마 속 커리어우먼 손에는 늘 테이크아웃 커피
가 들려 있다. 아침 출근길에 한 잔, 점심 식사 후에 한 잔,

야근하면서까지 한 잔. 0칼로리 아메리카노만 마시는 그녀들은 모두 H라인 스커트로 감싼 잘록한 허리를 자랑한다. 저렇게 밥 대신 커피를 마셔야만 H라인 스커트를 입을 수 있구나. 유레카! 내가 H라인 스커트를 입지 못하는 이유는 커피 대신 밥을 호로록 마셔서 그런가 보다.

나의 위는 카페인을 만나면 반갑다고 위산을 뿜어대는 나약한 녀석이라 커피를 하루 한 잔밖에 마시지 못한다. 1일 1커피 허용치를 넘어서면 그때부터 그것은 커피가 아닌 사약이 된다. 특히나 공복에 커피를 마셨다가는 얼굴이 창백해져 배를 잡고 떼굴떼굴 구르는 못 볼 꼴을 연출하게 될 것이다.

자연히 모닝커피는 스킵이다. 하지만 아침잠을 깨워줄 자극제는 필요하다. 그것은 다름 아닌 '오늘의 운세'. 오해는 금물이다. 나는 샤머니즘, 토테미즘, 애니미즘 등 무속신앙과 사주팔자를 맹신하는 그런 사람이 아니다. 그냥 재미 삼아 한 번씩 무료 사주 앱을 슬쩍슬쩍 보며 그 날의 마음을 다잡는 정도랄까. 요즘은 세상이 좋아져 매일 아침 여덟 시마다 핸드폰으로 오늘의 운세가 배달된다. 여러 날을 보다보니 같은 내용을 돌려 막기 하는 듯해 처음보다 감흥이 떨어지긴 했지만,

그럼에도 이 앱을 없애지 않고 살려둔 이유가 있다.

> 🎭 악아 님 1986년 범띠 9월 5일
> **엘리트 의식이 있다.**

연초에 본 신년 운세에서 앱은 나의 엘리트 의식을 지적했다. 순간 내 눈을 의심했다. 역마살, 도화살 등 별의별 살이 덕지덕지 붙었다는 애긴 들어봤어도 엘리트 의식이 있다는 소린 생전 처음이었다. 그런데 이 문장 한 줄이 나를 사주 앱의 개미지옥으로 안내하고 말았다.

고백하건대 나는 진짜로 엘리트 의식이 있다. 앱이 말하기를 나는 제 잘난 맛에 남들을 곧잘 무시한다고 한다. 우리 엄마도 모르는 내 속을 앱 따위가 알고 있다니. 이것이야말로 IT 기술과 선조들의 지혜가 어우러진 21세기 융합 기술의 '끝판왕'이 아닐까.

나는 잘난 것도 없는데 되게 잘난 줄 알고 사는 불치병에 걸려 있다. 명문대를 나왔거나 눈에 띄는 출중한 외모의 소유자도 아니고 좋은 직업을 가졌거나 억대 연봉을 받는 것도 아닌데 이상하게 잘난 척하며 산다. 다행히도 엄격한 아버지와 다정한 어머니 밑에서 가정 교육을 제대로 받고 자란 덕분에 남들 앞에서는 포커페이스를 유지한다. 하지만 속으로는 '쟤보단 내가 낫지' '저 사람은 왜 저거밖에 못할까' 하며 남을 깔볼 때가 종종 있다.

그 자만감에 취해 결혼을 선택할 때도 망설임이 없었다. 여자는 결혼하면 손해다, 결혼한 여자는 회사에서 안 좋아한다, 이직이 힘들다, 애 낳으면 경력이 단절된다…… 그런 이야기를 들어도 전혀 개의치 않았다. 문장의 주어에 항상 나를 뺀 다른 여자들을 넣어 받아들였다. 남의 얘기라고만 생각했다.

겉으로는 공감하는 척 고개를 끄덕였지만, 속으로는 '나 같이 능력 있는 커리어우먼에게 해당하는 이야기는 아니야' 하며 콧방귀를 뀌고 엉덩이를 씰룩였다.

그런데 며칠 전, 나는 그 잘난 척에 제대로 한 방 맞았다. 그날은 한때 같은 회사를 다녔던 선배들과 오랜만에 만나는 자리였다. 서로의 근황을 묻고 이런저런 사는 이야기를 조잘 조잘 떠들었다.

"오늘 A는 왜 안 왔어? 요즘 뭐 한데?"

"A는 아직 구직 중이래. 다시 입사하기 힘든가 봐."

A는 결혼 후 유학 가는 남편과 함께 유럽으로 떠났던 여자 선배다. 물론 회사도 그만뒀다. 그리고 2년 후, 남편이 공부를 마치고 한국에 취업하면서 선배도 다시 돌아왔다. 일도 잘하는데다 성격도 좋고 외모도 출중해 평소 존경해왔던 선배라서 아직 자리를 잡지 못했다는 소식에 조금 놀랐다.

"A 선배는 일도 잘하는데 왜 다시 입사를 못 해요?"

"가임기 여성이잖아."

A 선배 부부에게는 아직 아이가 없다. 낳을지 안 낳을지도 모르는데 그렇게 일 잘하는 선배를 회사에서 채용하지 않는 이유가 엄마가 될 수도 있어서라니, 좀 황당했다. '선배도 참 속상하겠네'라고 같잖게 공감하는 척도 했다. 하지만 곧이어 나온 이야기는 충격을 넘어서 공포로 다가왔다.

"여자들은 좀 안됐어. 실력이 있어도 결혼하고 애 낳는다는 이유로 기회가 밀리잖아."

"그렇지. 나 퇴사할 때 아는 후배가 연락 왔었거든. '선배가 데리고 있던 후배 제가 데려가도 돼요?' 하고. '응, 일 잘하니까 데려가. 근데 걔 12월에 결혼해' 이랬더니 말이 없더라."

실패했다. 표정 관리에 실패했다. 나는 12월에 결혼했다. 선배가 지칭한 '12월에 결혼하는 걔'가 바로 나다. 그러니까 다른 회사에서 나를 콕 찍어 스카우트하려고 했는데 결혼을 한다는 이유로 나는 바로 아웃이 됐다. 근래 들은 이야기 중 가장 충격이었다.

단지 결혼한다는 이유로 기회를 놓쳤다. 경력 단절 여성이 되고 결혼과 육아 때문에 사회에서 낙오되는 것은 다 남의 일인 줄 알았다. 좀 더 솔직해지자면 그건 능력 없는 그저 그런 여자들의 이야기인 줄만 알았다.

내가, 30여 년을 제 잘난 맛에 살아온 내가 단지 '기혼녀'가 된다는 이유로 밀려날 것이라고는 단 한 번도 상상해본 적이 없었다. 누굴 원망할 수도 없다. 결혼하라 등 떠민 사람은 아무도 없었다. 1, 2년 내 육아 휴직에 들어갈지도 모르는 직원을 꺼리는 회사의 입장도 이해는 됐다. 내가 먼저 결혼하자고

꼬드긴 남편의 멱살을 잡고 흔들 수도 없는 노릇이고, 광화문 광장에 나가 '기혼 여성 거부하는 회사들은 각성하라'며 1인 시위를 할 깡도 없었다.

유독 여자에게만 결혼이 죄가 되는 세상에서 살아가려니 속이 쓰려왔다. 사약 같은 커피를 곰탕 냄비에 한가득 끓여 세숫대야로 위장에 들이부은 기분이었다. 내 속의 엘리트 자의식은 사약을 받아 든 장희빈처럼 피를 토하며 쓰러졌다. 당해낼 재간이 없다. 피할 수 없으면 즐기라고 했던가. 그러기엔 여자의 삶이 너무 고되다.

 ## 여자, 남자
그리고 유부녀

　지금껏 세상에는 두 가지 성性이 있다고 배워왔다. 여자 그리고 남자. 하지만 최근 새로운 사실을 깨달았다. 세상에는 세 가지 성이 있다. 여자, 남자 그리고 유부녀. 나는 결혼 후 새로운 개체로 다시 태어났다. 머지않아 내 주민등록번호 뒷자리는 2가 아니라 5나 6 정도로 바뀔지 모른다.

　혼인신고서에 도장을 찍는 순간, 그러니까 법적으로 공식 '유부녀'가 되는 그 순간을 다시금 떠올려본다. 가슴이 뛰어 도장을 찍는 손이 미세하게 흔들리고, 울컥해 마음이 찌릿해지는 그런 드라마틱한 감정 따위는 없었다. 가족관계증명서나 등기부등본을 떼듯 귀찮은 주민센터 업무를 하나 처리했다는 개운함이 끝이었다.

대한민국이 인증한 유부녀가 된다고 해서 갑자기 손바닥에서 거미줄이 튀어나오거나, 콩팥이 두 개에서 네 개로 분열되거나, 그것도 아니면 흰머리 생성 능력이 빨라지는 신체 변화 같은 건 전혀 없었다.

유부녀가 되기 전과 후, 적어도 나 스스로가 달라졌다고 느끼는 점은 하나도 없다. 하지만 사람들이 나를 대하는 태도는 사뭇 달라졌다.

특히 사회에서 만나는 남자들은 더 그렇다. 남자들은 나를 여자도 남자도 아닌 '유부녀'로 대하기 시작했다. 결혼 전에는 조심스러워하던 이야기를 이제는 거리낌 없이 내뱉는다. 참, 실례가 많다.

나이가 지긋한 부장님은 함께 차를 타고 가며 사내 불륜 커플의 행태를 내게 고발했다. 굳이 그렇게 자세히 묘사하지 않아도 되는 추잡한 이야기를 신이 나서 풀어놨다. 어느 야한 소설에서나 나올 법한 표현들을 가감 없이 갖다 붙이는 탓에 괜히 내 얼굴이 화끈거렸다. 마지막에는 "이제 악아 씨도 결혼했으니 이런 얘기 같이할 수 있는 거지"라는 말을 덧붙였다. 유부녀는 원하든 원치 않든 다른 사람의 19금 이야기를 들어야 하는 존재인가 보다.

점심에 김치찌개를 함께 먹던 남자 동료는 계란말이를 집어들며 "남편과 잠자리는 자주 가져요?"라는 질문을 던졌다. 자신은 여자 친구와 안 한 지 몇 개월이 넘었다는 쓸데없이 친절한 정보까지 제공했다. 다른 동료가 그런 걸 왜 묻냐고 타박하자 "유부녀인데 뭐 어때"라고 말했다. 유부녀는 그렇다. '좋은 아침'이라는 안부 인사 대신 '어제 잠자리는 어땠니'라는 질문을 아무렇지 않게 받을지도 모른다.

다른 부서의 남자 대리는 카페에 앉아 커피를 마시면서 자신의 정자 수를 자랑했다. "병원에서 검사했더니 제 정자 수가 2억 3천만 마리나 있대요"라며 은근슬쩍 우리 남편의 정자 수를 묻는다. 역시나 그 끝에는 "유부녀니까 이런 것도 물어보는 거야"라는 말이 더해진다. 유부녀의 삶은 참으로 대

너의

옥수수를 털어

고인돌을 세울 것이다

단하다. 마주 앉은 남자의 전혀 궁금하지 않은 정자 수까지 집계할 수 있는 능력이 생기니 말이다.

얼마 전 직장을 새로 옮겼다. 첫 출근 날, 사무실을 돌며 인사를 하는데 남자들의 숫자가 절대적으로 많았다. 게다가 동료들 중 결혼한 사람은 내가 유일하다고 했다. 그들은 유부녀 동료를 처음 맞은 셈이다. 그렇다고 나를 신기하게 바라본 것도, 거리를 둔 것도 아니었다.

하지만 최근 회식 자리에서 묘한 불쾌감을 느꼈다. 고깃집에서 1차로 식사를 하고 나왔는데 높은 어르신께서 흔쾌히 2차 회식비로 쓰라며 두둑한 현금을 건네고는 바람처럼 자리를 떠났다. 나는 저것이 이 시대가 바라는 진정한 리더의 모습이라 생각하며 경건한 마음으로 그의 뒷모습을 오랫동안 지켜봤다.

그사이 회식비를 챙긴 동료들은 다음 목적지 탐색에 나섰다. 장소는 이태원의 핫한 펍으로 결정됐다. 와우, 얼마만의 이태원인가. 결혼 전 제집 드나들 듯 다니던 이태원의 뒷골목이 파노라마처럼 머릿속에 펼쳐졌다. 미세먼지의 재앙 따위와 상관없이 그곳의 공기는 여전히 맑고 상쾌하겠지. 내가 들뜬 마음을 감추지 못하고 설레발을 치는 사이 동료들은 이태원으로 이동할 방법을 논의하며 근처 카페로 들어섰다.

신나서 따라 들어간 내게 누군가 마실 것을 주문하라 권했다. 나는 배 속을 순수한 알코올로만 채우고 싶어 정중히 거절했으나 "그러지 말고 한잔 마셔요"라며 거듭 권하는 탓에 내키지 않았지만 레모네이드를 한 잔 시켰다. 두 명의 여자 선배들도 한 잔씩 차를 주문했다. 계산하는 동안 나는 카페 한구석 테이블에 앉아 남편에게 문자를 보냈다.

오늘 이태원에서 놀다 갈 예정. 늦을지도 몰라!

잠시 후 나온 음료는 석 잔이 전부였다. 그 많던 다른 동료들의 음료는 어디로 갔지? 담배를 피우러 나간 줄 알았던 남자 동료들은 모두 돌아오지 않았다. 덩그러니 카페에 남겨진 세 여자는 뒤늦게 상황을 파악했다. 그들은 우리만 빼고 이태원으로 갔다!

어차피 나를 뺀 두 여자 선배는 술을 마시지 않고, 이태원에 갈 생각도 없었다고 했다. 하지만 나는 달랐다. 마음은 이미 이태원의 펍 한가운데에서 리듬을 타고 있었다. 금요일 밤 아홉 시, 회사 근처 카페에서 레모네이드나 마시고 있다니. 정말 최악이다.

다음 주 월요일, 동료의 얼굴을 보자마자 아침 인사보다 왜 나를 이태원에 데려가지 않았냐는 말이 먼저 나왔다. 그는 생각지도 못했다는 표정이었다. 칭찬받을 줄 알았던 행동에 야단을 맞은 듯 당황스러움이 역력했다.

"일부러 배려한건데…… . 결혼한 여자 분이시니까."

배려로 포장됐지만 그것은 배제였다. 내게는 선택권조차 없었다. 내 의견과는 상관없이 카페에 남겨졌다. 이태원의 핫한 펍은 여자, 남자만 입장 가능하니까. 유부녀는 입장 불가다.

결혼을 했을 뿐인데 무례함에 대한 노출도가 급격히 상승했다. '며느리' 캐릭터를 장착했을 때 시가에서 당하는 차별 대우는 기본이오, '유부녀' 캐릭터로 사회에서 새롭게 느끼는 불쾌함은 옵션이다. 때로 그것은 배려, 보호, 가족애 따위로 포장되지만 가만히 살펴보면 결국 상대방에겐 예의 없는 행동, 그 이상도 이하도 아니다.

가끔 시가에서 느끼는 나의 기분에 대해 남편에게 말할 때가 있다. 남편은 그때마다 가족들의 행동이 잘못됐다고 말하면서도 고의는 아니라고 굳이 덧붙인다. 일부러 나를 괴롭히려, 골탕 먹이려, 상처 주려 하는 말과 행동은 아니라는 것이다. 나 역시 그걸 모르는 것은 아니다.

하지만 의도하지 않았다고 해서 무례함이 용인되지는 않는다. 이미 생겨버린 상처가 사라지는 것은 더욱더 아니다. 그것은 위로도 평계도 되지 않는다.

오랜만에 마주친 얼굴에 대고 "어머나, 오랜만이에요. 2억 3천만 마리 정자도 잘 지내고 있죠?"라고 물으면 그는 내 기분을 조금은 이해할 수 있을까. 거래처 미팅을 하러 가서 "이쪽은 저희 회사 영업팀의 김 대리님이에요. 정자 수는 2억 3천만 마리죠"라고 말하면 실례가 무엇인지 깨달으려나. 그러려면 교양 있는 현대인으로서 품위 유지가 어려워질 것 같아 고민이 된다. 그냥 좀 서로 실례하지 않고 살면 안 되는 걸까.

가족끼리
왜 이래

 햇볕이 가득 들어오는 오후, 블루투스 스피커를 통해 흘러나오는 음악이 거실을 채운다. 아일랜드 식탁에서 간단히 만든 오일파스타를 청량한 탄산수에 곁들여 늦은 점심을 즐긴다. 식사 후에는 테라스에 놓인 작은 티테이블에 앉아 커피 한 잔으로 마무리. 열린 문틈 사이로 들어오는 선선한 바람이 커피 향을 품고 집안을 맴돌다 이내 스르륵 떠난다. 해가 뉘엿뉘엿 질 즈음에는 남편과 손을 잡고 아파트 앞 공원을 산책한다. 계절의 향이 묻어난 밤공기가 코끝을 간질이고, 우리는 잠시 벤치에 앉아 도란도란 수다를 이어간다.

지극히도 평범한 일상이라 생각했다. 결혼하면 당연히 그렇게 살 수 있으리라 확신했다. 이것은 대중문화의 폐해다. 영화나 드라마에 나오는 신혼생활은 그저 꿈의 시나리오였다. 현실화하기에는 넘어야 할 난관이 너무도 많았다.

일단 우리 집에는 나의 로망인 아일랜드 식탁이 없다. 주방은 너무 좁은 나머지 조리를 하면서 동시에 냉장고 문을 열 수 없는 기하학적 구조를 자랑한다. 내가 조금만 더 살이 찌면 그 사이에 끼여 구조 요청을 하는 상황이 종종 발생할 것 같아 생존을 위해 열심히 운동을 다니고 있다.

어디 그뿐이랴. 베란다 창문을 열면 매캐한 공기가 집 안을 장악한다. 각종 소음은 서비스다. 산책할 공원이 있어야 할 아파트 앞에는 덤프트럭과 레미콘이 시속 80킬로미터 이상으로 달리는 6차선 도로가 있기 때문이다.

대한민국 신혼부부 대다수가 그렇듯, 우리도 원치 않았던 무소유의 삶을 시작했다. 어제의 나는 모은 돈이 없고, 내일의 내가 벌 돈도 많지 않으니 영혼까지 끌어모으는 용감한 대출도 불가능했다. 콧대 높은 서울은 우리 부부를 거부했고, 부동산 공인중개사들은 우리의 소박한 예산에 실소를 터뜨렸다. 감히 가난한 신혼부부가 서울 땅에 발붙이려 하다니, 썩 수도권으로 꺼져버리라는 그들의 속마음이 들리는 것 같아 거북했다.

우리를 받아줄 따뜻한 곳이 어딘가에는 있겠지, 희망을 버리지 않고 우리 부부는 서울을 벗어나 남쪽으로 기약 없는 집 구하기 여정을 떠났다. 열심히 발품을 판 끝에 다행히 수도권 한 귀퉁이에 신혼집을 얻을 수 있었다.

그것은 기적이었다. 오른쪽으로는 정신 병원, 왼쪽으로는 시멘트 공장이 있는 최적의 주거 환경을 찾아낸 덕에 서울에서는 언감생심 꿈도 못 꿀 소소한 자본으로 24평 아파트 전세를 얻었으니 말이다. 배산임수 부럽지 않은 명당 중 명당이다.

"위치가 조금 외지기는 하지만 이 가격에 이 정도 아파트 절대 못 구해요, 새댁."

공인중개사 아주머니는 전문가의 풍부한 식견을 살려 이 아파트가 얼마나 좋은 가격에 나왔는지에 대해 상세한 설명을 늘어놨다. 우리 부부는 홀린 듯 그 자리에서 바로 전세 계약을 맺고 설레는 마음에 잠을 이루지 못했다.

그렇게 입주한 우리의 첫 보금자리는 내게 큰 깨달음을 줬
다. 세상에 '좋은' 가격이란 있을 수 없다는 것이다. 뭐든 딱
그만큼의 값어치를 한다. 신혼집은 아파트 꼭대기 층에 외벽
라인이라 겨울이면 강추위, 여름이면 극한 더위를 체험할 수
있다. 얼마나 웃풍이 심한지 보일러를 아무리 세게 틀어놓고
자도 아침에 일어나 거울을 보면 코끝이 빨개져 있었다. 곰팡
이와의 처절하고 참혹한 전쟁은 일상이었다. 생전 없던 지독
한 피부염을 얻었고 덕분에 동네 피부과의 무궁한 번창에 상
당 부분 기여했다.

이 고통을 함께할 누군가가 옆에 있었다면 조금은 위로가
됐을지도 모른다. 하지만 집구석의 구질구질함은 오직 나 홀
로 감당해야 하는 부분이었다. 신혼여행에서 돌아온 지 한
달도 채 되지 않아 남편은 갑작스러운 해외 발령을 받고 외국
으로 떠나버렸다. 나는 덩그러니 혼자 남아 아는 사람 하나
없는 외진 동네에서 뜻밖의 자취생활을 시작하게 됐다.

혼자 살아본 적이 없었던 만큼 자취에 대한 로망도 있었지
만 현실은 생각보다 녹록지 않았다. 밤이면 작은 소리에도 깜

짝 놀라 깨고, 혼자 먹을 밥을 차리기가 귀찮아 인스턴트로 끼니를 때우기 일쑤였다. 결국 자취생활을 청산하고 친정으로 돌아가기로 마음먹었다.

"친정에 가 있겠다고? 그럼 집은 누가 관리하니?"

어머님은 친정으로 돌아간다는 나의 결정을 영 못마땅하게 여기셨다. 나를 너무 예뻐하신 나머지 집 지키는 작은 강아지로 착각하신 게 분명하다. 날카로운 경제적 관점에서 보면 낯선 동네에서 홀로 지내는 며느리 걱정보다 새로 산 냉장고, 세탁기, TV 걱정이 앞서는 것은 당연했다.

"어머님이 별장이라 생각하시고 가끔가다 놀러 오시는 건 어때요?"

열심히 일한 당신, 시멘트 공기와 곰팡이가 가득한 별장으로 떠나라! 어머님은 집 떠나면 고생이라는 것을 이미 체득하셨는지 손사래를 치며 나의 초대를 극구 사양했다. 그러면서 "집은 오래 비워두면 안 된다" "사람 손 안 타면 가전이 금방 고장 난다" 하며 나의 발목을 붙잡으셨다. 의미 없는 이견

조율이 수차례 반복됐고, 결국 한 달의 절반은 친정에서, 절반은 신혼집에서 보내는 것으로 전격 합의가 이루어졌다.

시가 식구들이 집들이를 온 것은 결혼 후 385일이 지나서다. 1년 하고도 20일이 지나 귀한 발걸음을 하셨다. 남편이 해외에서 지내는 동안 이 집은 그야말로 '아웃 오브 안중'이었다. 남편 없는 신혼집은 그저 며느리 자취방일 뿐이니 말이다. 비로소 신혼집이 궁금해진 것은 남편이 다시 한국으로 돌아온 그때부터다.

"악아야, 네 아버님이 좋아하시는 갈비찜 준비하면 어떠니? 그거 하나면 다른 반찬 만들 필요도 없고 좋지."

"죄송해요, 어머님. 저 갈비찜 못해요. 그리고 집에 밥그릇이랑 수저도 딱 두 개씩밖에 없는걸요? 식사는 나가서 하시고 집에서는 차 한잔 하시죠."

결혼한 선배들은 혼수 준비를 할 때 절대로 그릇 세트를 사지 말라고 했다. 살림을 하다 보면 그릇 취향이 바뀌니 처음부터 많이 사버리면 금방 후회한다는 이유에서였다. 조언에 따라 당장 필요한 최소한의 식기와 수저만 장만하고, 살면서 조금씩 늘리려 했는데 남편도 집에 없다 보니 딱히 필요성을 느끼지 못했다. 그래서 우리 집 식기는 자취방 수준에 머물렀고 2인 이상의 식사가 불가능하다. 그것은 여러모로 현명한 선택이었다. 나는 그 대신 내가 만든 것보다 천만 배는 맛있을 유명 갈비찜 음식점으로 식구들을 이끌었다.

식사가 끝난 후 본격적인 집들이가 시작됐다. 다른 식구들보다 먼저 집에 들어가 커피 물을 끓이고, 과일을 준비하고 있으니 곧 시끌벅적하게 그들이 들어섰다. 시작과 동시에 끝나버리는 소박한 집 구경 후 디저트 타임을 가졌다. 한참 수다를 떨고 TV도 보고 나니 몇 시간이 훌쩍 지났다. 시부모님은 길이 막히기 전에 돌아가야겠다며 자리를 털고 일어섰다.

아까부터 뭔가 빼먹은 것 같은 찝찝한 기분이 들었는데, 그제야 이유를 알 것 같았다. '두루마리 휴지 하나 없는 빈손집들이였구나!' 그럴 리가 없다. 그럴 리가 없는데……. 우리 시부모님은 남의 집에 절대로 빈손으로 오실 분들이 아닌데 말이다.

독수공방하던 신혼 초기에도 월 1회 시가 방문은 이어졌다. 남편이 비자 문제로 한 달에 3일 정도 입국했는데, 그때마다 시가 문안 인사는 필수 코스였기 때문이다. 매달 가기도 하고 식사까지 우리가 대접하기 때문에 군이 양손을 무겁게 해야 한다는 생각을 미처 하지 못했다. 명절이나 생신처럼 특별한 날엔 용돈 봉투와 먹을거리를 준비해 갔지만, 그렇지 않은 날엔 굳이 뭔가를 따로 챙기지 않았다.

그 날도 마음만 들고 갔었다. 식사하던 중 남편이 잠시 화장실에 가니 어머님이 넌지시 내게 한마디를 던지셨다.

"집에 올 때는 빈손으로 오는 게 아니다, 악아야. 비싼 걸 사 오라는 게 아니라 그냥 과일 몇 개라도 사 오는 게 예의지."

얼굴이 빨갛게 달아올랐다. 생각이 짧았던 스스로가 부끄럽기도 했다. 초등학교 이후 남의 집에 가본 기억이 없다 보니 '빈손 방문'이 예의가 아님을 잠시 잊었다. 자주 보는 가족이라는 이유로 조금 너그러웠던 탓이기도 하다.

화장실에서 돌아온 남편은 얼굴이 붉어진 나를 보고 의아한 표정을 지었다. 왜 그러냐고 묻는 남편의 허벅지만 쿡쿡 찔렀다. 어머님은 아무 일 없었다는 듯 어서 많이 먹으라며 남편의 식사를 챙겼다.

반성의 시간은 바로 끝났다. 가만 생각하니 굳이 남편이 없는 자리에서 나만 나무라시는 것에 반발심이 들었다. "뭐 하나 사갈까?"라는 제안에 늘 됐다고 손사래 친 것은 남편인데, 욕받이는 항상 나다.

집으로 돌아오는 길, 나는 뚱해져 남편에게 말 한 마디를 안 걸었다. 칭찬도 야단도 공평해야 한다. 그렇지 않으면 사랑만 받는 이들은 미움받는 사람의 치욕스러움을 절대 이해할 수 없다.

그날 이후부터는 시가 방문 시 '양손 무겁게'가 공식처럼 굳어졌다. 속도 모르는 남편은 매번 안 사도 된다며 철없는 소리를 했지만 말이다.

"언니, 죄송해요. 깜박하고 집들이 선물을 못 사 왔네요."

"괜찮아. 다음에 올 때 사 오면 되지 뭐."

시누이는 당황한 내 표정을 읽었는지 어색한 웃음을 지으며 말했다. 나는 오늘만 날이 아니니 다음을 기약하기로 했다. 하지만 어머님은 생각지도 않았던 집들이 선물을 시누이가 언급하자 순간 정색을 하셨다.

"어머, 집들이 선물 없어서 서운한 거니? 뭘 가족끼리 그런 것까지 챙기고 그래. 잘 살면 된 거다. 안 그러니?"

요리할 때 필요한 건 '만능 간장'.
핑계 댈 때 필요한 건 '만능 가족'.
불리할 때, 상식 밖의 행동을 할 때, 생떼를 쓰고 싶을 때는 '만능 가족'을 찾아주세요!

빈손 방문은 예의가 아니라며 야단을 맞았던 일은 꿈이었을까. '가족'만 들어가면 세상 어떤 억지를 부려도 무마된다. 명색이 집들이인데 두루마리 휴지 하나 없이 순찰을 와도 '가족이니까' '가족끼리'라는 명목으로 구렁이 담 넘듯 어물쩍 상황 종료다. 결혼 후 나는 가족의 위대함을 새삼 깨닫는다. 언젠가 나도 꼭 써먹고 말 테다. 이 속 터지는 만능 가족 치트키를.

 너 때문에
우리 아들이 기분 나쁘잖아

날씨야, 네가 아무리 좋아 봐라. 내가 일요일에 나가 노나, 잠만 자지. 다시 시작할 한 주를 열심히 뛰기 위해 체력 보강을 해야 하는 일요일. 할 일은 야무지게 먹고 늘어지게 쉬는 것뿐이다. 이럴 땐 TV만 한 게 없다. 리모컨 하나면 인생의 희로애락을 소파에 앉아 느낄 수 있다.

지난 일요일, 남편과 나란히 TV 앞에 앉았다. 암에 걸린 아버지가 나오는 드라마를 보며 눈물을 찔끔거리고, 싱글 연예인의 사생활을 훔쳐보며 낄낄거렸다. 잠자리에 들 시간이 되어 TV를 끄려는데 본능적으로 한 다큐멘터리에 시선이 갔다. 주제는 '대한민국 며느리'. 볼까 말까 할 때는 안 보는 게 상책인데, 순간의 호기심으로 채널을 고정시켰다. 하지만 30분도 채우지 못했다.

"염병하네."

마음의 소리가 전두엽을 거치지 않고 툭 튀어나와버렸다. 남편은 토끼 눈을 하고 상스러운 욕을 내뱉은 아내를 바라봤다. 본능에 충실한 나의 방정맞은 입이 민망해져 얼른 TV를 끄고 침대로 향했다.

캄캄한 방 안에 누워 가만히 생각했다. 나도 모르게 입 밖으로 튀어나온 탄식은 누구를 향하고 있었을까. 시가에 처음 방문한 며느리를 자연스럽게 주방으로 불러들이던 다큐멘터리 속 시어머니? 그 옆에서 착한 며느리가 되고 싶다며 해맑게 웃는 며느리? 그걸 보고만 있던 남편?

아니다. TV 속 누군가를 향해 한 말이 아니다. 착한 며느리를 꿈꾸었던 그 시절의 나. TV 화면 위로 겹쳐진 그때의 나 자신에게 던지는 질책과 원망이다. 지금이야 시부모님 사랑은 개나 주라며 삐딱해졌지만 나도 처음부터 막돼먹은 며느리는 아니었다.

남들처럼 시어머니와 함께 쇼핑 다니는 딸 같은 며느리를 꿈꾸던 시절도 있었다. 그래야 하는 줄 알았다.

결혼 전 아버님이 교통사고로 병원에 잠시 입원을 하셨을 때는 예쁨 좀 받아보겠다며 남편 몰래 혼자 병문안을 가기도 했다. 기특하고 착한 며느리 코스프레였다. 물론 그 행동의 팔 할은 진심이었다. 누가 시키지 않아도 좋은 마음으로 좋은 행동을 했더랬다.

착하고 효심이 깊던 며느리가 달라진 것은 그때부터다. 나의 호의가 아무짝에도 쓸모없음을 깨달아버린 바로 그 날. 결혼 후 6개월쯤 지났을 때였나. 그 주 토요일에는 시가에서 저녁을 먹기로 했다. 그런데 하필이면 금요일이 1년에 한 번 있는 회사 전체 회식 날이었다. 회식이 뭐 어때서, 할 수도 있지만 나는 그날만을 목 빠지게 기다렸다. 곧 인사이동이 있었기 때문이다.

A 부서에 근무하는 나는 B 부서로 자리를 옮기고 싶었는데, 도통 방법이 없었다. 회사의 핵심 업무를 담당하는 B 부서는 공석이 나면 다른 부서에서 인원을 차출하는데, 그 인사권은 B 부서 높으신 양반에게 있었다. 하지만 그분과 친분이 전혀 없는 나는 어떻게든 나란 사람도 여기 있다는 것을 알려야만 했기 때문에 전체 회식을 앞두고 만반의 준비를 했다.

평소 안 먹던 아침밥도 챙겨 먹고, 점심 식사도 든든히 했다. 일본에서 공수한 숙취 해소제는 퇴근 30분 전에 미리 마시고, 건배사도 따로 준비해 핸드폰에 저장했다. 이제 심호흡 크게 하고 주먹 불끈 쥐고 전쟁터로 향할 시간이다.

자리 배치는 늘 똑같다. 높으신 양반들은 그들끼리 모여 앉아 한 테이블을 차지한다. 그 옆 테이블은 높으신 양반을 모시는 높은 분들, 그 옆 옆 테이블은 언젠가 높으신 양반이 되실 분들, 그 옆 옆 옆 테이블은 언젠가 높으신 양반이 되실 분을 모시는 분들…… 나 같은 일개 직원들은 술집의 가장 구석, 조명도 잘 들어오지 않는 어두침침한 아랫동네에 옹기종기 모여 앉는다.

오늘의 타깃 B 부서장은 가장 윗동네 테이블에 앉았다. 아마도 그 자리에선 아랫동네에 모인 우리가 그저 비슷비슷한 돌멩이 정도로만 보일 것이다. 키가 큰 돌멩이, 작은 돌멩이, 지각하는 돌멩이, 칼퇴하는 돌멩이. 있어도 그만, 없어도 그만인 돌멩이들. 그 속에 나라는 원석이 숨어 있다는 사실을 알려야 한다.

술, 술, 술! 술이 그것을 가능케 하리라! 테이블이 초록빛 소주병으로 채워질 때마다 하나둘 빈자리가 늘어난다. 알코올에 취약한 이들이 픽픽 쓰러지며 전사하고, 만취한 몇몇은 울고불고 욕하고 싸우다가 강제 퇴장 당한다. 나는 전사하는 동료 돌멩이들에게 눈물의 작별 인사를 건네는 와중에도 숨죽여 때를 기다렸다. 살아남은 자들이 한 테이블에 모이는 그 순간을.

회식이 길어질수록 처음엔 열 개였던 테이블이 여덟 개로, 다섯 개로, 세 개로 줄어든다. 남은 사람들끼리 가까이 모여 앉고 끝까지 버틴 자들은 한 테이블에서 잔을 부딪친다. 오늘 나의 목표는 그 마지막 테이블 입성이다.

악으로 마셨고, 깡으로 버텼다. 그렇게 버티고 버텨 끝까지 살아남은 돌멩이가 됐고, B 부서장과의 점심 식사 자리를 얻어냈다. 미션 클리어! 식사 약속을 잡은 뒤에야 나는 택시를 잡아타고 집으로 왔다. 집에 오는 길, 차를 다섯 번이나 세워 속을 게워냈다.

다음 날, 나는 죽었다. 알코올에 KO 당했다. 세상 다시없을 숙취가 나를 집어삼켰다. 혈액 대신 알코올이 혈관을 타고 흘렀다. 머리는 깨질 듯이 아프고, 5분마다 변기통을 부여잡고 반갑다며 얼마나 인사를 정답게 나누었던지. 이렇게까지 먹고살아야 하는 내가 안쓰러워 눈물이 났다. 그러다 문득 시부모님과의 저녁 식사 자리가 떠올랐다. 정신을 차리고 나갈 준비를 해보려 했지만 몸이 말을 듣지 않았다.

"정말 미안한데 오늘 말고 내일 가면 안 될까?"

퀭한 눈빛으로 최대한 불쌍한 척하며 말했지만 씨알도 먹히지 않았다. 오히려 남편은 나를 흘겨보며 결혼한 여자가 술을 그렇게 마시는 게 말이 되냐며 언성을 높였다. 똑같이 사회생활을 하는 처지에 내 상황을 이해 못하는 남편이 원망스러웠다. 원망은 짜증과 비난으로 표출됐고 결국 남편과 네가 잘났네, 내가 잘났네 하며 첫 부부 싸움을 했다. 남편은 씩씩

거리며 핸드폰을 들더니 자기 엄마에게 전화를 걸었다.

"엄마, 오늘 우리 못 가."

"왜?"

"악아랑 싸웠어."

나의 귀를 의심했다. 저 말은 분명 보복성 발언이다. 인공지능 스피커도 개떡 같은 말을 찰떡같이 알아듣는 이 시대에 30대 성인의 입에서 튀어나온 말치고는 너무나 저질이지 않나. 나를 사지로 몰아넣겠다는 악의적 행동이 틀림없다.

역시나 피드백은 즉각적이었다. 남편과 멀찌감치 떨어져 앉았는데도 핸드폰 너머로 어머님이 고래고래 소리 지르는 것이 라이브 방송처럼 귀에 꽉꽉 꽂혔다.

"아니! 걔는 결혼한 지 얼마나 됐다고 벌써부터 시가 오기 싫어서 지 남편을 잡아!"

그제야 남편은 정신이 들었는지 수습에 나섰지만 이미 상황은 늦어버렸다. 전화기를 뺏어 들었다.

"어머님, 저예요."

"그래."

"제가 가기 싫다고 한 게 아니고요. 오늘 몸이 너무 안 좋아서 내일 가자고 얘기한 거예요."

"너는 약속을 했으면 지켜야지, 네 맘대로 몸이 안 좋다고
안 오니?"

1년에 한두 번도 아니고 한 달에 한 번 있는 저녁 식사를
오늘에서 내일로 미루는 것이 엄청난 죄가 될 줄은 상상도 못
했다. '아프다'는 며느리에게 '괜찮냐'는 말 한마디 안 나올 정
도로 저녁 약속은 중요한 자리였을까.

"그런 게 아니라, 오늘 정말
몸이 너무 아파서요. 좀 나아
지면 뵙는 게 나을 것 같아
내일 가자고 말했어요."

"오늘 온다면 오늘 와야지,
무슨 소리 하는 거니?"

"……네, 그럼 지금 출발할게요."

"됐다. 오지 마라."

지금 너 때문에
우리 아들이
기분 나쁘잖아!!!

아프다는 며느리의 말을 귓등으로도 듣지 않던 어머님은
결국 싸늘한 목소리로 한마디를 더했다.

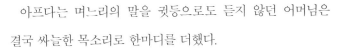

"지금 너 때문에 우리 아들이 기분 나쁘잖아. 그런 기분으로
오면 뭐 하겠니? 됐다."

헛웃음이 터지는 한 방이었다. 저녁 약속을 내일로 미룬 것
이 문제가 아니었다. 감히 며느리 따위가 당신 아들 기분을
언짢게 만들었다는 그 사실이 분노의 결정적 요인이었다. 아
프거나 말거나, 며느리는 안중에도 없었다. 전화를 끊고 그

자리에 주저앉아 엉엉 울었다. 숙취보다 더한 서러움과 치욕감에 다리가 풀렸다.

잘하고 싶었고, 잘하려고 했고, 잘하고 있다고 생각했다. 하지만 그들에게 나의 존재감은 딱 그 정도였다.

찰나의 순간에 마주한 본심에 나는 상처받았다. 나와 그들 사이에 경계선이 있다는 것을 망각했다. 깨끗이 지울 수 있다고 착각했다. 잠시 한눈팔면 금세 자라나는 흰머리처럼, 조금만 게으르면 논밭을 뒤덮는 잡초처럼, 그들과의 경계선은 내작은 흔들림과 방심에도 쉽게 모습을 드러냈다. 경계선이 보이지 않게 죽어라 닦는 일은 온전히 나의 몫이었다.

그래서 그만뒀다. 아등바등 매일같이 지우고 지우길 반복하는 대신 더 명확하게 선을 긋고 살기로 했다. 물론 선을 넘나들 때보다 내게 허락된 자리는 좁아졌다. 그래도 지금이 낫다. 상처받는 일도 줄었으니까.

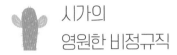

시가의
영원한 비정규직

　스물네 살, 대학도 졸업하기 전. 아르바이트도 인턴도 아닌 그 중간 어디쯤의 애매한 비정규직 신분으로 사회생활을 시작했다. 회사에 출근한다는 설렘에 엄마 카드를 들고 백화점에 가서 연분홍색 셔링 블라우스와 정장 치마를 샀던 기억이 선명하다.

　그 블라우스는 지하상가에서 1, 2천 원씩 흥정하며 사 입던 옷과 때깔부터 달랐다. 장인이 한 땀 한 땀 정성스럽게 모양을 잡은 듯한 어깨의 셔링 포인트가 고급스러움을 한층 높여줬다. 옷이 날개였던 건지 아니면 회사라는 곳에 출근한다는 자신감 때문인지 거울 속 나는 평소보다 어깨가 봉긋한 것이 제법 커리어우먼 느낌이 났다.

그렇게 설레는 마음으로 출근을 했는데 회사에는 내 책상이 없었다. 그때 내게 주어진 일은 쉽게 말하자면 선배들의 뒤치다꺼리였다. 자료를 정리하고, 필요한 물건을 구해오는 등의 잡일. 월 45만 원을 받는 비정규직에게 책상은 사치였다.

나는 그 고급 블라우스를 입고 사무실 한구석의 작은 테이블에 앉아 제 자리에서 일하는 직원들을 부러운 눈으로 바라봤다. 오전에는 회의 테이블 한쪽에서 일하고 오후에는 외근으로 자리를 비운 선배들의 자리를 잠시 사용했다. 그러다가 책상 주인이 오면 헐레벌떡 자리를 비켜주는 일이 허다했다.

그때 내 소원은 자리를 갖는 것이었다. 아침에 출근하면 당연하게 앉을 수 있는 내 자리가 필요했다. 작은 책상 하나가 뭐 대수라고, 자리 없이 떠돌이 생활을 하는 동안 내 자존감은 바닥으로 곤두박질쳤다. 회사에서 가장 보잘것없고, 가엾은 사람이 된 것 같았다. 남의 자리에서 일하다 서둘러 자리를 뺄 때의 기분은 감히 '초라하다'는 표현으로는 전부 담아

낼 수 없는 감정이었다.

게다가 월급도 쥐꼬리만큼 주면서 근무 강도는 상상을 초월했다. 한 달에 일주일 이상은 늦은 새벽까지 야근을 했는데, 대중교통이 모두 끊긴 시간이라 집에 갈 수가 없었다. 선배들이 하나둘 콜택시를 불러 집으로 돌아가고 나면 홀로 사무실에서 쪽잠을 청하곤 했다.

나중에는 회사 근처 찜질방 정기권을 끊고 아예 일주일 치짐을 싸서 집을 나왔다. 새벽이면 다음 날 입을 옷을 챙겨 들고 터덜터덜 찜질방으로 향했다. 웬만한 비련의 여주인공 엉덩이는 가볍게 걷어차고도 남을 만큼 강렬한 짠함을 뿜어내면서.

설상가상으로 쇼핑백 하나에 일주일 치 옷을 욱여넣다 보니 티셔츠며 바지며 구김이 많이 갔다. 찜질방이 호텔도 아니고 세탁 서비스가 있을 리 만무하니 야근 기간에는 언제나 구겨진 옷을 입어야 했다.

"옷 좀 다려 입고 다녀."

말에 악의는 없었다. 내가 찜질방을 전전한다는 것을 몰랐던 선배의 조언이니 말이다. 하지만 그 얘기가 그렇게 창피하고 수치스러울 수 없었다. 구겨진 옷만큼 나의 자존감도 구겨졌다. 그걸 다시 펴는데 꽤 오랜 시간이 걸렸다. 비정규직이라는 자리 아닌 자리가 사람을 퍽 무력하게 만들더라.

그 초라한 기분을 결혼 후 다시 느끼고 있다. 생각이 어찌나 짧았던지 결혼 전에는 미처 내가 '며느리'가 된다는 엄청난 사실을 간과했다. 그러다가 정신을 차려보니 어느새 내 이름 앞에는 감개무량하게도 '며느리'라는 호칭이 붙어 있었다. 더불어 자존감이 또 한 번 흔들리기 시작했다.

시가에 가면 내 자리가 없다.

식사를 하고 나서 다른 식구들은 돌아갈 각자의 방과 정해진 자리가 있었다. 아버님은 소파 한가운데 앉아 리모컨을 돌리고, 어머님은 안방에 누워 휴식을 취했다. 시누이와 남편도 각자의 방으로 들어가 뭔가에 몰두했다. 나만 내 자리를 찾지 못하고 하릴없이 거실과 주방을 오갔다. 어딜 가도 불편하긴 마찬가지였다.

겨우 내 자리인가 싶어 들어간 화장실에서 마주한 것은 나란히 꽂혀 있는 시가 식구들의 칫솔이었다. 나는 한참을 고민하다 집에서 챙겨온 칫솔을 칫솔꽂이 대신 세면대 한 귀퉁이에 조심스럽게 올려두었다.

밖에서는 떵떵거리며 큰소리를 치다가도 '며느리' 자리에만 서면 이상하게 작아졌다. 남의 집 주방에 들어가 쭈뼛쭈뼛 설거지하고, 시어머니의 차별 대우에도 반박하지 못했다. 눈치를 보고, 희생하는 것을 당연하게 생각했다. 이런 나의 처지를 푸념하면 모두가 며느리는 '원래' 그런 거라며 그냥 받아들이라 했다.

마치 시가의 비정규직이 된 느낌이었다. 막말과 차별 대우가 만연하고 노동에 대한 정당한 대가를 받을 수 없는, 이 열악한 근무 환경에서 고군분투 중인 서러운 비정규직.

밖에서는 무서울 정도로 똑 부러지는 여자 선배가 명절이면 시가에서 쓰러질 정도로 설거지를 하고 온다는 말에 깜짝 놀란 적이 있다. '어머님, 설거지를 제가 혼자 하는 건 노동법을 위배하는 사유 아닌가요?'라며 또박또박 따질 줄 알았는데 말대꾸 한 번을 못 하고 손이 부르트게 설거지를 한다니 충격이었다.

친구들도 마찬가지였다. 회사에서는 일단 저지르고 보자며 부장님보다 먼저 당당하게 휴가를 쓰더니만 시어머니에게는 여름휴가 가겠다고 말하기 무섭다며 전전긍긍했다. 그러고는 "며느리가 다 그렇지"라며 넋두리했다. '며느리'라는 자리가 주는 힘은 생각보다 세다.

내가 비정규직으로 2년 정도 일하고 회사를 나올 때, 함께 일하던 팀장님이 면담 중 그런 얘길 한 적이 있다. 왜 그렇게 주눅 들어 있었느냐고, 그럴 필요 없었다고. 그 말에 왈칵 눈물이 났다. 참 뻔하고 당연한 말인데 그 얘길 아무도 해준 적이 없었다. 조금이라도 더 일찍 들었다면 나의 마음가짐이 달라지지 않았을까.

지금도 위로 혹은 격려가 필요한지 모르겠다. '며느리니까 다 그런 거지' 말고, '며느리가 어때서. 그러지 않아도 돼' 한마디가 필요하다. 시가의 비정규직 며느리의 자존감 회복을 위하여.

PART 2 이제는 내가 먼저입니다

엄마의 인생을
닮고 싶지 않다

'딸은 엄마 팔자를 닮는다.' 그것은 내가 가장 싫어하는 말 중 하나다. 결단코 엄마처럼 살지 않겠다고 수없이 다짐하고 되새겼다. 내가 엄마처럼 살게 될까 봐 두렵고 무서웠다. 그렇게 사는 나를 보며 엄마가 가슴을 쥐어뜯을 테니까.

엄마는 나와 같은 범띠 며느리다. 스물네 살이 되던 해에 결혼을 했고 나를 낳았다. 도대체 얼마나 두꺼운 콩깍지가 씌었으면 그 좋은 나이에 결혼할 용기를 낼 수 있었을까. 무슨 부귀영화를 누리겠다고 겨우 스물네다섯 살에 어린 딸을 둘

러업고 다녔을까. 나는 괜히 죄지은 사람이 된 기분이다.

아빠는 젊은 시절 잘나가는 영업맨이었다. 전국적으로 퍼져 있는 영업 부서에서 실적 1위를 여러 번 달성하며 이름깨나 날렸다고 한다. 잘나가는 영업맨의 행보가 대개 그렇듯, 아빠도 회사를 나와 사업을 시작했다. 무역 회사에 다니던 엄마는 결혼 후 회사를 그만뒀다. 친구들과 만나는 일도 줄었고, 좋아하는 쇼핑도 못 했다. 아빠는 조그마한 가구 공장을 운영했는데 엄마는 나를 키우면서 공장 일을 도왔다. 생전 망치 한 번 잡아본 적이 없었는데 문득 정신을 차리니 톱밥 가득한 공장에서 능숙하게 못질을 하고 있었다고 한다. 엄마의 20대는 공장과 육아가 전부였다.

사업은 잘될 때도 있었지만 그렇지 않을 때도 많았다. 집에 빨간딱지가 붙은 적도 있었고, 빚쟁이를 만나는 것이 일상이었던 시간도 있다. 어린 나는 그때마다 심장이 벌렁거리고 무서워 엉엉 울었는데, 엄마는 눈물 한 방울 흘린 적이 없었다. 드라마에 나오는 주인공이 훌쩍이기만 해도 먼저 통곡하며 울던 엄마였는데 그럴 땐 꼭 딴사람이 된 것 같았다. 160센티미터도 안 되는 작은 체구의 엄마는 우르르 몰려온 빚쟁

이들 사이에서도 눈 하나 깜짝 안 하고 악다구니를 쳤다. 그 모습을 숨어 지켜보며 속으로 엄마가 참 독한 사람이라고 생각했다. 겨우 지금 내 나이에 엄마는 그렇게 살고 있었다.

빚쟁이만큼이나 엄마를 힘들게 한 또 다른 사람들은 할아버지, 할머니였다. 빚쟁이에게는 소리 지르고 욕이라도 내뱉을 수 있었지만 시부모님에게는 싫은 소리 한 번을 할 수가 없었다. 동네에서 알아주는 난봉꾼이었던 할아버지는 걸핏하면 결혼한 아들 집에 찾아왔다고 한다. 꼭두새벽부터 찾아와 대문을 두드렸는데, 엄마가 놀라 뛰어나오면 돈을 달라고 엄포를 놓곤 했다. 친구들과 놀러 가야 한다, 차가 고장 났다, 강아지가 아프다…… 별별 이유로 하루걸러 한 번씩 찾아와 봉투를 챙겨 돌아가셨다. 엄마는 새벽마다 반복되던 할아버지의 문 두드리는 소리에 트라우마가 생겨 30년이 지난 지금까지 자다가 몇 번씩 깨곤 한다.

명절이면 엄마의 스트레스는 극에 달했다. 음식 준비를 위해 일찍 시가에 도착하면 집안이 조용했다. 할아버지도, 할머니도 모두 외출한 뒤였다. 할머니는 명절을 앞두고 항상 주방 정리를 하셨다. 냉장고며 수납장이며 어찌나 청소를 열심히 하셨는지 어제 이사 온 새집처럼 텅 비어 있었다. 그럼 엄마는 깊은 한숨 한번 내쉬고 고춧가루부터 소금, 밀가루, 쌀 등 음식 재료를 모두 새로 사 와야 했다. 종일 혼자 음식을 준비하느라 하루는 금방 갔고, 저녁이 되면 시가 식구들이 집으로 돌아왔다. 그럼 저녁상을 차려냈다. 그렇게 명절을 보내고 나면 엄마는 며칠씩 앓아누웠다.

식사를 하다가도 반찬이 떨어지거나 물이 필요하면 모두가 엄마를 바라봤다고 한다. 한참 나이가 어린 시누이, 시동생들도 자연스럽게 엄마를 향해 "물 좀 가져다주세요" "국 좀 더 주세요"라고 얘기했다. 할아버지도, 할머니도 그리고 아빠마저도 "너희가 가져다 먹어라" 같은 말을 한 번도 한 적이 없었고, 그들 역시 엄마에게 필요한 것을 요구했다.

그곳에서 유일하게 손님인 엄마만이 밥 한 숟가락 편히 먹지 못하고 주방을 들락거려야 했다.

"다들 나만 쳐다봤어. 물 가져와라, 술 가져와라, 상 치워라. 한 번도 고맙다고 말한 적이 없었지."

나는 그 얘기를 듣고 조금 놀랐다. 엄마가 그런 것에 상처 받고 있었다고는 생각해본 적이 없었다. 필요한 것이 있으면 늘 엄마를 먼저 찾았고, 그것은 익숙하고 당연하게 여겨지는 풍경이었다. 우리 집에서처럼 할아버지 댁에서도 엄마가 엄마처럼 행동하는 것이 속상하고 외로운 일이 될 거라곤 미처 생각하지 못했다. 결혼을 하고 나서야, 내가 며느리가 되고 나서야 엄마의 기분이 이해가 됐다.

내게도 비슷한 상황이 펼쳐졌다. 시가에서 다 같이 치킨을 먹고 있었다. 나는 닭다리 하나를 열심히 뜯고 있었는데, 앞에 앉은 시매부가 누군가를 향해 말했다.

"콜라는 없나요?"

그의 말은 목적지를 찾지 못하고 허공을 맴돌았지만 나는 닭다리에만 열중했다. 물론 모두가 나를 보고 있다는 것을 모르진 않았다. 잠깐 동안 어색한 침묵이 흘렀고, 시누이는 "콜라가 있나?" 하며 느리게 일어섰다. 어머님은 베란다에 있을 거라며 시누이를 따라 콜라를 찾으러 가시고, 아버님은 닭다리를 뜯는 나를 힐끗 쳐다보셨다. 나는 맥주 한 모금을 마시고 TV를 보며 소리 내 웃었다. 별로 웃기지도 않은 장면이었는데 웃음이 났다. 시매부는 왜 나를 보며 콜라의 행방을 물었고, 다른 사람들은 왜 나만 쳐다보고 있었는지. 참 우스웠다. 엄마가 말한 게 생각나 실소가 터졌다.

엄마가 이런 기분이었겠구나. 나를 가족으로도 손님으로도 생각하지 않는 그 거북한 분위기를 견디는 기분이 이런 거구나 싶었다. 엄마였다면 또 엉덩이를 떼고 콜라를 가지러 갔겠지만 나는 움직이지 않았다. 엄마가 그러라고 했다.

엄마처럼 아무도 알아주지 않는 강요된 희생으로 상처받으면서 살지 말라고 했다.

엄마는 '착한 며느리'의 정석이었다. 시부모님의 말에 토를 단 적이 없었다. 명절에 혼자 몸이 부서져라 일하고, 밤낮없이 부르면 곧장 달려갔다. 필요한 게 있다면 사드리고, 드시고 싶은 게 있으면 대접했다. 그런데도 미안하다 혹은 고맙다는 말을 단 한 번도 들어본 적이 없다. 용돈은커녕 양말 한짝 선물 받은 적이 없었다.

할아버지, 할머니는 돌아가실 때까지 엄마를 찾았지만, 손 한 번을 잡아주지 않았다. 착한 며느리의 끝이 허무하다는 것을 엄마를 보며 배웠다. 그래서 엄마는 내가 엄마처럼 살지 않길 바랐다. 굳이 사랑받으려 마음 쓰지 말라고 했다. 30년을 착한 며느리로 살아온 엄마가 가장 후회하는 일이었다.

나는 엄마와 닮아가지 않으려 무던히도 애를 썼다. 소녀 같은 엄마 성격을 닮고 싶지 않아 일부러 사내아이처럼 굴었고 여느 딸들처럼 엄마 옷을 빌려 입지도 않았다. 요리 솜씨가 좋은 엄마가 음식을 가르쳐준다 해도 배우지 않았고, 아빠와 가장 다른 성향의 사람을 배우자로 찾았다. 그렇게 나는 엄마가 걸어온 인생과 멀어지고 있다고 생각했다.

그런데 며느리가 된 후 속상한 일을 겪을 때마다 '딸은 엄마 팔자를 닮는다'는 그 저주 같은 말이 떠오른다. 돌고 돌아도 결국 엄마의 길을 밟아가고 있는 건 아닌지.

그래도 똑같이 살지는 말아야지, 다 포기하고 혼자 짊어지고 상처받으면서 나를 잃어버리지는 말아야지 생각한다. 나는 엄마 딸이니까, 절대로 엄마 마음을 아프게 하지 않을 것이다.

결혼해도 외롭다

선선한 바람이 불기 시작하면 어묵바로 향한다. 날씨가 추워질수록 어묵바의 매력은 배가 되는데, 일단 가을밤만 되어도 합격선이다. 단, 옷은 얇게 입어야 한다. 문을 열고 들어섰을 때 느껴지는 온기에 "아, 따뜻해"라는 말이 주저 없이 나오면 그 날의 어묵바는 성공에 가까워진다.

나는 일단 자리에 앉으면 국물을 한 국자 뜨고 그 위에 다진 파를 듬뿍 뿌린다. 그다음으로 검지 손톱만큼 고추냉이를 덜어내 간장에 풀어주는데, 반죽 형태의 고추냉이는 인내심을 갖고 한참 동안 개어야 한다. 그래야만 고추냉이 덩어리를 씹고 눈물 콧물 쏙 빼는 흉한 꼴을 피할 수 있다.

세팅이 끝나면 적당한 어묵꼬치를 심사숙고해 고른다. 금방 넣어 아직 꼬들꼬들한 놈은 피해야 한다. 슬쩍 국물 밑으로 비치는 어묵의 실루엣만으로도 나는 그들의 입수 시간을 꿰뚫어 볼 수 있는 재야의 고수가 됐다. 적당히 불어 말캉해진 어묵을 꺼내 한 입 베어 물면 짭짤한 국물이 스르륵 혀를 감싸는 것이 절로 소주 한 잔을 부른다.

"가을이 왔다"고 말하면 "어묵바에 가자"라고 화답하는 친구가 있다는 것은 정말이지 큰 행복이다. 친구는 술을 좋아하지는 않지만 술자리에 가는 것을 좋아한다. 특히 어묵바에 한번 발을 들인 뒤로는 그 매력에 흠뻑 빠져 오매불망 날이 추워지기만을 기다린다.

사실 그녀는 어묵보다 어묵꼬치를 고르는 건너편 남성들에게 관심이 많다. 포장마차처럼 커다란 어묵통을 가운데 두고 여럿이 둘러앉는 어묵바에서는 자연스럽게 주변 사람들과 이야기를 나누게 되기 때문이다. 그녀는 늘 맹렬한 전투 의지를 갖고 어묵바에 입성하지만, 좀처럼 마음에 드는 남성을 찾지 못해 좌절한다. 그 날도 허탕이었다. 친구는 어묵을 씹는 둥 마는 둥 하며 주변 남자들을 살폈지만 영 제 스타일을 못 찾은 듯했다. 상심한 표정으로 소주를 물처럼 들이켰다.

"난 결혼 못 할 것 같아."

그녀는 꽃다운 스물네 살 때부터 결혼을 꿈꿨다. 누구보다 일찍 결혼할 것 같았는데, 잔인한 운명의 장난인지 여태 짝을 찾지 못했다. 알코올이 주입되니 나라 잃은 표정으로 신세 한탄을 시작했다. 평생 혼자 어떻게 사냐, 좋은 실버타운을 추천해달라……. 친구의 술주정을 가만히 듣고 있자니 문득 궁금증이 생겼다. 그녀는 왜 그렇게 결혼을 하고 싶어 할까.

"외롭잖아."

친구들이 하나둘 결혼해 짝을 찾아 떠나니 혼자 남겨져 외롭다고 한다. 주말 약속이 줄어들고, 함께 휴가를 즐길 친구가 사라지고, 이러다간 언젠가 혼자서 어묵바를 오게 될 것이라며 한숨지었다. 비어 있는 그녀의 잔에 소주를 가득 채워줬다. 아까부터 비어 있던 나의 잔에도 술을 따랐다. 가볍게 잔을 부딪치고 소주를 입에 털어 넣으니 가슴속에 뭉쳐 있던 말이 미끄러져 나왔다.

"결혼한다고 외롭지 않은 건 아닌데……."

외로움을 타는 성격이 아니다. 혼자 카페를 가고, 혼자 영화를 보고, 혼자 쇼핑을 하고, 혼자 여행을 떠나기도 한다. 누군가와 함께하는 시간보다 혼자 있는 시간을 더 좋아한다고 생각했다. 인생 베스트 여행 중 하나가 혼자 다녀온 제주도 여행이고, 영화는 이제 누군가와 함께 보는 게 어색하게 느껴질 정도다.

사람들과 어울리며 바쁘게 살아서가 아니라, 혼자 있는 시간을 좋아했기에 외로움 같은 건 평생 모를 거라고 생각했다. 하지만 결혼을 하고 나서, 이제 와 외로움이 무엇인지 느낀다니 아이러니하다.

혼자가 아니라 둘이 됐는데, 둘이라서 느끼는 외로움의 깊이는 아득하다.

결혼 후 남편은 바로 해외 발령을 받았다. 남편 없이 지내야 해서 무척 아쉬웠지만 어쩐지 나도 모르게 입꼬리가 씰룩였다. 한 번도 혼자 살아본 적이 없었던 나는 자취에 대한 로

망이 있었다. 리모컨 쟁탈전을 할 필요 없이 보고 싶은 TV 프로그램을 실컷 보고, 속옷만 입고 거실을 활보하는 것은 지금껏 누리지 못한 나만의 '소확행'이었다. 옷을 뱀 허물 벗 듯 던져놓아도 잔소리하는 사람이 없고, 오늘의 설거지를 내일로 미뤄도 등짝을 맞을 일이 없었다.

남편이 떠나고 얼마간은 이런 게 행복이라며 매일 밤 축배를 들었다. 혼자 살 때만 누릴 수 있는 자유는 생각보다 더 좋았다. 다만 그 시간이 오래 가지 않았다는 것이 문제다.

언제부터인지는 모르겠다. 집에 들어오면 불도 켜지 않고 깜깜한 거실에 멍하니 앉아 있었다. TV를 켜지 않는 날이 늘어갔고, 남편에게 걸려 오는 영상 통화를 일부러 받지 않았다. 전화를 받으면 왈칵 눈물이 쏟아질 것 같았다.

나는 자취 부적응자가 됐다. 밖에서는 신나게 놀다가도 텅 빈 집에 들어오면 울적해졌다. 낯선 동네에 혼자 살다 보니 신경도 예민해졌다. 한번 잠들면 아침까지 기절하던 수면 패턴이 달라져 작은 소리에도 깜짝 놀라 잠에서 깼다. 잠을 제대로 자지 못하니 더 날카로워졌다.

남편이 돌아온 뒤에야 서서히 괜찮아졌다. 잠을 푹 잘 수 있게 됐고, 깜깜한 방에 멍하니 앉아 있는 일도 없어졌다. 드르렁거리는 코골이에 니킥을 날릴 때도 있지만, 그래도 혼자인 것보다는 좋았다.

하지만 여전히 마음 한편이 허전했다. 그 날도 그랬다. 퇴근 후 집에 돌아와 평소처럼 밥을 먹고 씻고 TV를 봤다. 남편은 회사 동료들과 축구 경기를 보고 열한 시쯤 돌아왔다. 남편 얼굴을 마주하니, 빌려주고 받지 못한 돈이라도 떠오른 듯 짜증이 밀려들었다.

나는 방으로 들어가 불을 끄고 누웠다. 잠을 청하며 눈을 감고 있다가 요즘 내가 정말 이상하다는 생각이 들었다. 이유가 뭘까 고민했지만 답이 나오지 않았다. 달라진 게 없는데. 회사 가고, 퇴근하고, 혼자 밥 먹고…….

갑자기 눈물이 왈칵 쏟아졌다. 예상치 못한 전개였다. 여느 때처럼 혼자 밥을 먹었을 뿐인데, 그 생각만으로 눈물샘이 폭발했다. 남편은 갑자기 꺼이꺼이 우는 나를 보고 매우 놀랐다. 멈추지 않는 눈물을 닦으며 나도 당황했다.

매일 혼자 밥을 먹는다는 것, 그것이 감정 조절 실패의 근원이었다. 집에서 남편과 밥을 먹은 횟수가 결혼생활을 통틀어 열두 번도 안 되는 듯하다. 남편이 해외 출장을 가 있던 1년이야 그렇다쳐도 한국에 돌아온 뒤에도 매번 나 혼자 먹는 식사가 계속됐다. 남편의 회사는 아침, 점심, 저녁 삼시세끼를 제공하는 훌륭한 직원 복지 정책을 펼치고 있어 식사 걱정을 할 필요가 없다. 남편은 나보다 퇴근이 조금 빠르지만 집에서 밥을 차려 먹기 귀찮다며 늘 저녁 식사까지 해결하고 온다. 그걸 서운해했던 적은 없다. 오히려 식비가 줄어든다며 좋아한 사람은 나였다.

　자연스럽게 집에서의 저녁 식사는 나 혼자만의 시간이 됐다. 식탁은 소박했다. 라면을 끓여 먹거나 즉석 밥에 반찬 몇 개를 곁들여 먹는 일이 반복됐다. 대충 때우는 한 끼는 맛있었던 적

이 없다. 퇴근하는 길, 아파트 단지에 들어서면 누군가의 집에서 들려오는 달그락거리는 식사 준비 소리에 마음이 휑해졌다. 결혼 전, 늘 복작거리던 식탁과 그 한 가운데에 놓인 엄마의 짜고 매운 김치찌개가 그리웠다.

혼자 먹는 즉석 밥에는 탄수화물, 단백질, 지방 그리고 약간의 나트륨과 포화지방산 외에도 극소량의 '외로움'이 첨가된 것이 분명하다. 나도 모르는 사이 내 몸 안에 그 외로움이 쌓이고 또 쌓여버렸다.

외로움이라는 낯선 감정을 결혼 후에야 비로소 알게 되어버린 이 미스터리한 상황은 기대 심리 때문이었다. 결혼을 하면 언제나 함께할 것이라는 어리석은 기대감.

결혼을 하면 치킨과 맥주처럼, 어묵탕과 소주처럼 떼어놓을 수 없는 한 쌍의 부부가 되어 모든 시간을 공유할 것이라 생각했다. 하지만 결혼을 해도 우리에게는 여전히 각자의 삶이 있다. 남편에겐 동료와 친구들이 있고 저녁 약속과 동호회 모임도 달라진 것이 없다.

어릴 적 동화를 너무 많이 봤다. 동화 작가들은 '그렇게 둘은 오래오래 행복하게 살았습니다'라는 무책임한 해피 엔딩으로 나를 세뇌시켰다. 둘이 오래오래 행복하게 사는 방법이 무엇인지는 가르쳐주지 않고 말이다.

'따로 또 같이'의 균형을 맞춰야 한다는 걸 뒤늦게 깨달았다. 결혼해도 여전히 내게는 혼자인 시간이 있고, 또 다른 외로움과 쓸쓸함을 마주하기도 한다. 그 시간을 그대로 인정하는 과정이 요즘 내겐 필요하다.

"결혼해도 외롭단다, 친구야."

그녀는 나의 말에 코웃음을 쳤다. 배부른 소리라며 고개를 절레절레 흔들었다. 나는 언젠가 그녀가 결혼을 하게 된다면 오늘의 이 술자리를 한 번쯤은 떠올릴 것이라 장담했다. 외로움을 피하려 결혼을 선택하면 더 외로워질 수 있다는 것을 몰랐던 미숙한 오늘의 어묵바를.

 미움받으면
어떡해

옷장을 연다. 일렬로 줄 맞춰 나의 간택을 기다리고 있는 색색의 원피스. 이건 너무 화려해, 저건 나이가 들어 보이겠지, 이건 뚱뚱해 보여……. 이런저런 이유로 모두 탈락의 고배를 마시고 결국 가장 무난하지만 비싸 보이는 블랙 원피스가 옷장 밖으로 나왔다. 상견례 때 입고 한 번도 입지 않아 처음 그대로의 느낌적인 느낌이 살아 있는 녀석이다.

오랜만에 귀걸이를 하려고 귓불을 만지니, 이럴 수가. 그새 구멍이 막히려고 한다. 언제부터 나의 몸은 이토록 재생 능력이 탁월했던가. 몇 번을 뚫어도 다시 새살을 메우는 나의 귓불의 성실함에 심심한 감사를 전해본다. 눈 한번 질끈 감고 새살이 솔솔 자란 귓구멍에 과감히 정면 돌파를 시도했다. 순간 손에 땀이 주룩 나고 발끝은 오므라들었지만 어쩔 수 없다. 오늘은 귓불에 반짝이는 돌조각 한두 개쯤은 달아야 하는 날이니까.

한껏 꾸몄지만 꾸민 티를 내서는 안 되는 자리. 비싸고 좋은 것들만 몸에 지니되 사치스럽게 보여서는 안 되는 자리. 전 남자 친구의 결혼식에 갈 때보다 더 신경 쓰이는 자리. 바로 여고 동창회다.

여고 동창 일곱 명 중 나를 포함한 네 명은 유부녀다. 둘은 아기가 있고 둘은 없다. 미혼인 친구 세 명 중 두 명은 결혼 준비 중이고 한 명은 비혼을 꿈꾼다. 오늘의 이야기꾼은 나다. 나의 결혼식 이후 오랜만의 만남이니 자연스럽게 신혼생활에 대한 질문이 쏟아졌다.

"결혼하니 좋은 게 뭐야?"

"나는 안 좋은 게 더 궁금하다."

역시 미혼녀들은 궁금한 것도 많다. 좋은 건 남편이 생겼다는 것. 안 좋은 건 시가도 생겼다는 것. 유부녀 친구들은 그 좋은 점 하나도 곧 있으면 사라진다며 나를 가엾게 바라봤다. 결혼을 준비 중인 친구는 나의 대답에서 자신이 원하던 바를 찾지 못했는지, 한마디를 더 보탰다.

"아니, 그래도 그것만 빼면 결혼생활은 좋은 거 아니야?"

아, 어리석은 인간이여. 결혼생활을 논하며 시가를 빼라는 세상 물정 모르는 순진한 소리를 하고 앉아 있다니. 김치 없이 김치찌개는 끓여도, 초고추장 없이 회는 먹어도 시가 없이 결혼에 대해 말할 수는 없는 법이다.

나는 차곡차곡 쌓아온 시월드 에피소드를 토크박스 주사위 굴려가며 내놓았다. 여기에 유부녀 선배님들의 이야기까지 보태지니 진정한 결혼의 민낯이 눈앞에 펼쳐졌다. 결혼은 〈우리 결혼했어요〉가 아니라 〈사랑과 전쟁〉이라는 것을 누군가 진작 알려주었더라면.

그런데 가만히 듣고 있자니, 어떻게 된 게 우리 중에 사랑받는 며느리가 하나도 없다. 유부녀 친구1은 시어머니의 말씀을 씹고 뜯는 못된 며느리다. 며느리 사랑을 핑계 삼아 사

사건건 걱정하시는 시어머니의 말씀을 한 귀로 듣고 한 귀로 흘린다. 너는 볼 때마다 살이 찌냐, 애 낳고 운동은 안 하냐, 게을러서 남편 밥은 차려주겠냐, 그럴 거면 들어와서 같이 살자⋯⋯. 이토록 애정 어린 말씀을 해주시는데도 표정 하나 변하지 않고 TV 리모컨만 돌리는 막돼먹은 며느리다.

다른 유부녀 친구2는 시어머니 말씀에 꼭 한마디씩 보태 눈총을 받는다. 출산일이 임박해 걱정하는 친구에게 시어머니가 "너만 애 낳는 것도 아닌데 유난이다"라며 용기를 북돋아주자, 서운하다고 솔직하게 대답해 분위기를 싸늘하게 만들었단다. 이야기를 듣던 미혼녀 친구는 걱정스러운 듯 우리를 바라봤다.

"그래도 돼? 그러다가 시어머니한테 미움받으면 어떡해."
"뭘 어떡해. 그냥 사는 거지."

우리 중 누구 하나 말 잘 듣는 며느리는 없지만 그렇다고 결혼생활이 불행한 것은 아니다. 시어머니께 예쁨을 받지 못한다고 삶이 피폐해지지는 않는다. 물론 사이좋은 고부간이 된다면 더할 나위 없이 좋겠지만, 이를 위해 한쪽에서만 일방적으로 참고 맞춰주는 것이 과연 정답인지는 의문이다.

어른에 대한 예의를 바탕으로 적당한 선을 지키는 것, 그 정도면 가정의 평화는 수호할 수 있지 않을까. 물론 그 선을 지키는 것은 며느리 혼자만의 몫이 아닐 테지만.

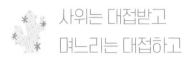

사위는 대접받고
며느리는 대접하고

음주 가무를 사랑해 마지않는 나는 맛있는 음식을 신나게 먹고, 부어라 마셔라 술도 마시고, 흥에 취해 노래방까지 접수하는 회식을 손꼽아 기다린다. 내 돈 내고 해도 신나는 일을 사장님의 자비로운 법인 카드로 흥청망청 즐길 수 있으니 이 얼마나 큰 기쁨인가.

하지만 이토록 회식을 오매불망 기다리게 된 지는 그리 오래되지 않았다. 세상의 모든 신입 사원들이 그러하듯, 나도 사회생활을 막 시작했을 때는 회식이 진절머리 나도록 싫었다. 재미없는 선배들의 이야기를 흥미로운 척 듣다가 적절히 맞장구도 치고, 술에 취해 인사불성이 된 부장님을 댁까지 모셔다드리는 뒤처리도 내 몫이었다. 꼰대 같은 상사와 마주 앉으면 몇 시간이고 격려를 빙자한 오지랖 넓은 훈계를 들어야 했고, 매번 똑같은 레퍼토리에도 신선한 리액션을 날려야 하는 창의력까지 요구됐다.

하지만 그중에서도 압도적으로 싫었던 것은 불판 앞에서 내내 고기를 굽는 일이었다. 고기를 먹지는 못하고 굽기만 해야 하니 고문도 이런 고문이 없었다. 회식에 일찍 가든, 늦게 가든, 구석에 앉든, 가운데에 앉든 언제나 내 앞에 집게와 가위가 놓였다. 막내라는 이유 단 하나만으로 내게는 늘 식당 종업원과 비슷한 노동력이 강요됐다.

선배들은 직접 굽지도 않으면서 요구사항은 어찌나 많은지, 고기가 크면 성의가 없다고 구시렁대고 작으면 난도질을 했다고 타박했다. 비지땀을 흘려가며 고기를 굽다가 한 점 먹을라치면 고기가 탄다며 호들갑을 떨었다.

입으로만 고기를 뒤집어대는 사람들 때문에 나는 쉴 틈 없이 고기만 굽다가 무참히 전사했다. 아마 그런 불행한 회식이

3년쯤은 계속됐던 것 같다.

짬밥의 축적으로, 이제 나는 회식을 피하지 않고 즐길 수 있는 경지에 올랐다. 부장님 모셔다드리기 업무는 후배들에게 물려주었고, 상사의 잔소리를 피해 사각지대를 선점할 수 있는 노련함이 생겼다. 뜨거운 불판 위를 가르며 고기를 구울 필요도 없다. 남이 구워주는 고기만 야무지게 받아먹으니 권력을 손에 넣은 기쁨이 뭔지, 어렴풋이나마 짐작할 수 있게 됐다. 이렇게 꼰대가 되어가나 보다.

그런 내가 이제 와 다시 고기를 굽고 있을 줄은 정말 몰랐다. 한 달에 한 번, 시가 식구들과 밥을 먹는다. 그 날의 외식 메뉴는 숯불갈비구이였다. 시부모님과 우리 부부, 시누이 부부까지 총 여섯 명이 두 개의 불판 앞에 나눠 앉았다.

불행하게도 나는 어머님, 시매부와 한 팀이 됐다. 가장 어른인 어머님을 제외하면 고기 굽는 일은 시매부와 나, 둘 중 한 명이 맡게 된다. 이럴 땐 보통 먼저 집게를 잡는 사람이 독박을 쓰기 때문에 시매부가 먼저 나서기를 바랐다.

하지만 그는 보통내기가 아니다. 식당 아주머니가 고기를 테이블 위에 내려놓음과 동시에 화장실을 다녀오겠다며 자리를 떠났다. 내가 한발 늦었다. 아주머니는 불판에 고기를 적절히 덜어놓고는 자연스럽게 내게 집게를 건넸다. 나는 한숨 푹 쉬고 겸허히 운명을 받아들였다. 불 맛이 그대로 베여 육질이 살아 있는 고기를 먹기 위해서는 숯불 위 고기 굽기 신공을 펼쳐야 한다. 손을 풀고 오랜만에 집게를 잡았다.

고기만 구워도 바쁘지만 오늘은 추가 미션까지 주어졌다. 바로 마늘 굽기다. 얼핏 보면 육즙이 가득 담긴 고기를 적당하게 구워내는 것이 더 어려운 작업 같지만 사실 마늘 굽기도 상당한 내공과 정성이 필요하다. 고기는 아랫면부터 익기 시작해 눈에 보이는 윗면까지 서서히 색이 변해간다. 그러니 굳이 뒤집어 보지 않아도 어느 정도 익었는지 예상할 수 있다.

하지만 마늘은 완전한 포커페이스다. 불판에 닿는 아랫면이 새까맣게 타고 있어도 윗면은 하얗고 뽀얀 이중적인 모습을 유지한다. 노릇노릇 밤처럼 고소하게 익은 마늘을 먹기 위해서는 수시로 뒤집으며 섬세하게 보살펴야 한다. 잡담할 시간도, 반찬을 뒤적거릴 시간도 없다. 고도의 인내심과 성실함만이 마늘 굽기를 성공으로 이끈다.

나는 고기를 굽고 마늘도 뒤집었다. 혼신의 힘을 다해 불판과 싸우고 있는데, 마주 앉은 시매부는 여유 있게 잘 익은 놈을 낚아챌 준비를 하고 있었다. 어찌나 눈썰미가 좋던지 노릇노릇 딱 먹기 좋은 최적의 상태만 골라 입으로 쏙 넣어댄다. 내가 땀 흘려 구운 마늘도 마찬가지였다. 수십 번을 뒤집어 맛있게 구워 내는 족족 야무지게 집어먹었다.

"우리 사위 잘 먹네. 보기 좋다."

"고기 먹은 지 한참 됐어요. 엊그제 회식하러 갔는데 제가 막내라 고기만 굽느라 하나도 못 먹었다니까요."

"어머, 우리 사위 그렇게 고생해? 너무 속상하네. 오늘은 많이 먹어. 마늘도 몸에 좋으니까 많이 먹고. 악아야, 마늘 좀 더 구워줘라."

장모님 말씀을 잘 듣는 착한 사위는 고기에 마늘까지 참 많이도 먹었다. 마늘을 세 접시나 리필해 구우면서 나는 유심히 그의 행동을 관찰했는데, 어찌나 지조 있는지 마늘 한 개를 뒤집지 않았다. 여간 심지가 굳은 것이 아니다. 나는 어머님처럼 마음이 넓지 못해 굽지는 않고 날름 먹기만 하는 시매부가 못마땅했다.

나보다 거의 1년 더 늦게 입가했으니 까마득한 후배인데 선배를 대하는 태도가 영 실망스럽다. 장모님의 사랑을 받는다는 자신감에 무서울 게 없는 걸까. 사위는 '백년손님', 며느리는 '백년일꾼'이라는 구시대적 발상에 빠진 걸까. 나이도 많은 나를 묘하게 아랫사람처럼 대하는 일이 비일비재한데, 아무도 그의 행동을 지적하지 않는다.

시가에 가면 사위는 자연스럽게 소파에 앉고 나는 주방으로 소환 당한다. 사위는 대접받고 며느리는 대접한다. 고기를 굽는 일도 그렇다. 그는 먹고 나는 굽는다.

왜 고기 굽는 일에 사위는 당연히 열외일까. 세상에 당연한 일은 하나도 없는데 말이다. 나도 모르게 불판을 휘젓는 손놀림이 점점 험악해졌다. 마늘을 뒤집는다는 것이 그만, 의도치 않게 맞은편 시매부에게 마늘 샷을 날려버렸다. 불행인지 다행인지 마늘은 그의 가슴팍에 안착해 옷에 짙은 자국을 내고 말았다.

"어머나, 미안해요. 마늘이 왜 거기로 날아갔지."

악력 조절 실패로 민폐를 끼치고 말았다. '마늘 먹고 사람 좀 되라'는 의미는 단연코 아니다. 어머님은 마늘 봉변을 당한 사위에게 물수건을 건네고 앞치마를 챙겨주느라 분주했다. 너그러운 시매부는 마늘을 툭툭 털어내고는 괜찮다며 장모님을 안심시켰다.

나는 마늘을 구울 의지가 사라졌다. 까맣게 타들어 가는 마늘 아랫면이 눈에 밟혔지만 일부러 뒤집지 않았다. 시매부는 무심결에 마늘을 집었다가 새까맣게 탄 것을 보고는 인상을 찌푸렸다.

"에이, 이거 다 탔네."

그 옆의 마늘을 집어도, 반대편 마늘을 집어도 모두 회생 불가능 상태다. 시매부는 맛 좋은 마늘을 먹지 못해 크게 아쉬워했다. 그런데도 그는 마늘을 직접 구울 의지가 없어 보였다. 나 역시 더 이상 마늘을 구워줄 아량 따위는 없다.

"먹지만 말고 좀 뒤집기도 해요."

희미한 미소를 장착한 채 시매부에게 한마디 던졌다. 별것도 아닌 말에 시매부와 어머님이 동시에 나를 바라봤다. 홍길동이 아버지를 아버지라 부르는 장면을 목격하면 딱 그런 표정일 것 같았다.

맞은편의 시매부에게 집게를 넘겼다. 어머님은 사위의 눈치를 보며 엉덩이를 들썩거렸다. 시매부는 집게를 잡고 고기를 구웠다. 이제야 밥을 좀 먹을 수 있게 됐다. 역시, 남이 구워주는 고기가 가장 맛있다.

그녀를 위한
선물

"자기야, 형수님 출산 기념 선물 하나만 사다 줘요. 아기 옷
이나 신발이면 되지 않을까?"

남편과 친하게 지내던 동네 형님이 얼마 전 아빠가 됐다. 아
내랑 갓 태어난 아기와 함께 조리원에 있다고 하는데 꽤 심심
해하는 눈치였다. 조리원에 있을 때가 가장 행복하다고 하던
데 육아 지옥에 빠지기 전 실컷 놀고 싶었는지 매일같이 남편
을 호출했다.

남편은 주말에 형님을 만나기로 했는데 간 김에 조리원에

들러 아기도 보고 오겠단다. 형수님에게 축하 선물도 주고 싶다며 뭘 사야 할지 고민하는 척하더니 은근슬쩍 선물 선택권을 내게 양도했다. 발품은 내가 팔고 생색은 본인이 내겠다는 심보다.

'내조'라는 말을 이럴 때 써먹어도 될지 모르겠지만 나는 선물을 주며 어깨가 으쓱할 남편을 위해 백화점으로 향했다. 하지만 조리원에는 가본 적도 없고, 출산 선물을 해본 경험도 없어 뭘 사야 하는지 막막했다. 우주복을 살까, 신발을 살까 고민하며 백화점에 들어서 에스컬레이터를 타려는데 문득 그 날의 기억이 떠올랐다.

카페에서 혼자 커피 한 잔을 마시고 있었다. 책을 읽으려하는데 옆 테이블에 네 명의 일행이 시끌벅적하게 착석했다. 남자 한 명, 여자 세 명. 사원증을 매고 있는 것을 보니 근처 회사에서 티타임을 갖기 위해 잠시 나온 것 같았다.

청일점인 남자는 20대 중반의 인턴이나 신입 사원인 듯했고 함께 앉은 여자들은 30대 중반 즈음의 선배 직원 같았다. 네 명의 남녀는 수다 한 판을 진하게 풀어놓았다. 굳이 그들의 대화를 엿들을 생각은 없었는데 나의 진화한 달팽이관과 좁은 테이블 간격 탓에 책에 집중할 수가 없었다.

"저희 누나 이번에 아기 낳았는데 정말 예뻐요. 사진 보실래요?"

"어머, 예쁘다. ○○ 씨랑 닮았네요."

"하하, 정말요? 이번 주에 보러 갈 거예요. 그나저나 누나한테 축하 선물하려는데 뭐가 좋을까요?"

"예쁜 아기 옷 하나 해줘요. 요즘 예쁜 거 많이 나오더라. 모빌이나 애착 인형도 좋겠다."

여자 선배들은 이것저것 아이디어를 내며 선물 후보군을 정리했다. 나는 속으로 애착 인형에 한 표를 던졌다. 하마터면 요즘 애착 인형은 30대 여성도 탐낼 정도로 예쁘게 잘 나온다며 일행처럼 한마디 보탤 뻔했다. 내심 막내 직원이 애착 인형을 선택하길 기대하고 있었는데 그는 여유 있게 웃으며 한마디를 던졌다.

"조카 선물 말고 누나 선물이요. 저희 누나는 누구의 엄마이기 이전에 독립적인 인격체예요."

남자에게 눈길이 향했다. 그는 누나 선물을 고민하고 있었는데 나를 포함한 모두가 아기의 선물만 떠올렸다. 누나가 뭘 좋아하는지, 취향은 어떤지 아무도 궁금해하지 않았다. 출산을 했다는 이유로 그의 누나를 아기 엄마로만 단정 지었다.

이중적인 나의 모습을 들킨 것 같아 순간 창피해졌다. 여자는 결혼과 육아 때문에 사회에서 차별받는다며 세상 잘난 척은 혼자 다 하더니 애착 인형에 한 표를 던지는 꼬락서니가 부끄러웠다.

늘 이런저런 핑계로 출산을 미루고 있고, 사실 가능하다면 피하고 싶은 마음도 있다. 아이가 생긴다는 기쁨을 아직 몰라서인지 엄마가 될 미래가 행복하게만 그려지지는 않는다. 내가 아닌 다른 생명체를 책임질 만큼 성숙하지도 않고 무엇보다 나를 잃고 싶지 않기 때문이다. 엄마가 되는 순간, 나는 사라지고 누군가의 엄마로만 존재하게 될 것 같아 두렵다.

돌아보니 그 두려움에 끊임없이 펌프질해댄 것은 나 자신이었다. 나는 '출산'이라는 단어만 나오면 자동으로 여자를 '엄마'의 틀에 끼워 넣었다. 아닌 척하면서도 출산한 친구, 선배들을 나와 멀찌감치 떨어뜨려 놓고 선을 그었다.

예쁜 아기 옷을 선물 받아 기뻐할 엄마의 모습만 떠올렸지 예쁜 원피스를 입고 행복할 여자의 마음은 생각하지 못했다. 나부터가 엄마를 여자라 생각하지 않았다.

누나의 선물을 고민하는 그 남자를 보며 나의 여동생이 저런 남자를 만났으면 좋겠다는 생각이 들었다. 그리고 나의 남동생이 언젠가 다른 사람들 앞에서 그와 똑같이 말해준다면 행복할 것 같다. 그의 누나가 진심으로 부러웠다.

나는 백화점에서 아기 옷이나 신발 대신 립글로스를 샀다. 색이 강하지 않아 취향을 타지 않고, 민낯에 발라도 부담스럽지 않을 녀석으로. 아기의 선물 대신 그녀를 위한 선물을 하고 싶었다. 아기를 낳아도, 엄마가 되어도 여전히 아름다우시길 바라며.

남편은 집안일을
돕지 않아요

"그거 들어봤어? 유부남이 말하는 결혼생활. 여자 친구가
집에 놀러 왔다가 안 가는 느낌이래. 밥도 같이 먹고 재미있
게 다 놀았는데 한참이 지나도 집에 안 가는 거지. 게임도 하
고 TV도 봐야 하니 이제 그만 갔으면 좋겠는데 안 가서 불편
한 상황."

"여자 버전도 있어. 엄마가 여행 가서 집에 안 오는 느낌. 엄
마 잔소리 없이 며칠은 편했지. 그런데 이제 빨래도 쌓이고
설거지도 귀찮고 밥하기도 힘들어서 빨리 엄마가 왔으면 하

는데 돌아오질 않는 거야."

"야, 유부녀로서 정말 200퍼센트 공감이다. 나 지금 엄마가 절실해."

다른 부부의 결혼생활 이야기를 주위듣다 보면 꼭 한 번씩 등장하는 주제가 집안일 싸움이었다. 주변에 맞벌이 부부가 많다보니 특히나 집안일로 다투는 경우가 비일비재했다. 대부분 화가 잔뜩 난 쪽은 여자들이었다.

"퇴근하고 녹초가 되어 집에 갔더니 휴무라 출근도 안 한 남편이 '빨리 저녁밥을 차리라'고 재촉하는 거 있지? 종일 집에 있었으면서 밥 좀 해놓으면 안 돼?"

"나는 밖에 나갔다가 들어와도 남편이 집에서 뭐 했는지 다 알 수 있어. 거실에 널브러진 손톱깎이를 보면 '여기서 손톱을 깎았구나', 컴퓨터 옆에 과자봉지를 보면 '컴퓨터 하면서 과자를 먹었구나' 알 수 있지."

전업주부인 친구들도 화가 많기론 뒤지지 않는다. 친구 중 한 명은 몸이 좋지 않아 결혼 후 잠시 일을 쉰 적이 있었는데, 얼마 못 가 곧바로 취직자리를 알아본다고 했다. 이유를 들어보니 남편에게 작은 집안일이라도 하나 시킬라치면 "나는 밖에서 돈 벌어오는데 왜 집안일까지 해야 하냐"라며 따져 대 마음이 상한다는 것이다. 내 몸뚱이가 부서지는 한이 있 더라도 나가서 돈을 벌어 대등한 위치를 찾겠노라며 친구는 목에 핏대를 세웠다.

집안일로 지지고 볶는 에피소드를 심심찮게 들어왔던 터라 나는 신혼집에 입주하자마자 남편과 집안일을 분담하기로 결 심했다. 카테고리는 크게 요리, 설거지, 청소, 빨래로 나눴다. 우리는 각자 가장 하기 싫은 집안일을 하나씩 꼽았다.

이럴 때 쓸데없이 마음이 잘 통해 둘 다 빨래를 싫어하거나 요리를 싫어하면 그야말로 대책 없는 가정불화의 서막이 펼 쳐지게 된다. 우리 부부는 천만다행으로 쿵짝이 잘 맞지 않 아 서로 다른 집안일을 골랐다. 나는 빨래, 남편은 청소.

부끄러운 이야기지만 나는 결혼 전에 한 번도 빨래를 해본 적이 없다. '손에 물 한 방울 안 묻히고 곱게 키운 딸'이 바로 나였으면 좋겠지만 그건 절대로 아니다. 철저히 집안일이 분 업화된 우리 집에서 나는 설거지 담당자라 빨래의 영역은 완 전히 관심 밖이었다. 감히 설거지 담당이 세탁실을 기웃거리 는 것은 용납할 수 없는 월권행위로 여겨졌다.

엄마가 집을 비운 날에도 빨래 담당인 동생은 빨래만 하고, 나는 설거지만 했으니 세탁기 사용법을 알 리가 없었다. 결혼 후 처음으로 세탁기를 돌리던 날에는 인터넷의 도움을 받아야 할 지경이었다.

그런 나와 달리, 남편의 빨래 실력은 전문가 수준이다. 지금도 그의 장래 희망 중 하나는 세탁소 사장님이니 긴 설명은 생략한다. 결혼 전에도 남편은 세탁기를 직접 돌리는 것은 물론이고, 아끼는 옷은 누가 시키지 않아도 손빨래까지 하는 열정을 보였다.

서로의 집안일 호불호가 확실한 만큼 나머지 요리와 설거지는 유연하게 맡기로 했다. 남편이 요리를 하면 내가 설거지를 하고, 내가 요리를 하면 설거지는 남편이 한다. 그리고 약간의 고통이 수반되는 쓰레기 버리기와 화장실 청소도 충분한 대화 끝에 서로 덜 싫어하는 것을 골랐다. 남편은 쓰레기를 버리고 나는 화장실 청소를 한다.

이렇게 합의된 집안일 분담 시스템은 지금까지 큰 무리 없이 성공적으로 운영되고 있다. 물론 칼같이 '청소는 네 일이니까 아파 죽어도 네가 해'는 아니지만 그래도 각자의 역할을 명확히 구분한 덕에 싸울 일이 없다.

결혼 초반에는 시가에 가면 집안일에 대한 질문을 종종 받았다. 세탁기는 잘 돌아가냐, 밥하기 어렵지 않냐, 청소는 자주 하냐……. 그런데 희한하게도 질문을 받는 사람은 언제나 나였다. 어머님은 남편이 옆에 있는데도 그럴 땐 꼭 없는 사람 취급을 하며 내게만 질문 세례를 퍼부었다. 빨래는 남편 담당인데 내게 무슨 세제를 쓰냐고 물으니 할 말이 없는 나는 머리만 긁적였다.

특히 새벽 여섯 시 반에 일어나 출근하고 밤 아홉 시가 돼서야 집에 돌아오는 내게 "아침밥은 해 먹고 다니냐"라는 질문은 매우 신선한 나머지 충격으로 다가왔다.

"어머님, 요즘 맞벌이하면서 누가 아침밥을 해 먹어요. 출근하기도 힘든데."

"그래도 아침을 잘 챙겨 먹어야 건강해진다. 속이 든든해야 일도 잘하지. 아침 거르고 출근해봐라. 오전 내내 아니, 종일 기운 없다."

어머님은 아침 식사 관련 책이라도 읽으신 건지, 아니면 동창회에서 아침밥을 안 먹어 병에 걸렸다는 지인 소식이라도 들으신 건지 뜬금없이 아침밥 예찬론을 펼치셨다. 어머님 말씀만 들으면 아침밥을 먹는 것만으로 인생 역전이 가능했다.

든든한 아침 한 끼는 업무 효율을 높여주니 자연히 승진이 빨라지고 연봉도 높아지게 만든다고 했다. 그럼 금방 부자가 되어 끝이 보이지 않는 대출 빚을 한 방에 갚아버리는 쾌거를 이룰 수 있다.

이렇게까지 열변을 토하시는 모습을 보니 나는 금세 마음이 약해져 고개를 끄덕이게 됐다. 어머님이 저렇게까지 강조하시니 이제부터 따뜻한 아침밥을 남편과 오붓하게 나눠 먹고 출근해야겠다는 마음도 들었다.

"정 그러시면, 이제 아침밥 챙겨 먹도록 할게요. 여보, 내일부터 차릴 수 있겠어?"

아침밥 당번은 정한 적이 없다. 만약 정한다고 해도 같이 출근하는 처지에 한 명에게만 몰아주는 것은 상당히 불합리한 처사다. 굳이 해야 한다면 번갈아 가며 하는 것이 건강하고 화목한 가정을 만드는 방법이다. 일단은 남편에게 그 기회를 먼저 주기로 했다.

하지만 남편은 "뭘 굳이 일찍 일어나서 아침밥을 차려 먹어. 그 시간에 잠이나 더 자는 게 낫지"라며 인상을 찌푸렸다. 어머님은 아침 식사는 꼭 해야 한다고 목청 높여 말씀하시더니 남편의 말에 급격히 말수가 줄어드셨다. 속으로는 '내 아들이 왜 네 아침밥을 해주냐'고 생각했을 수 있지만 어른답게 화를 꾹 누르는 존경스러운 모습을 보이셨다.

어머님 아들이 내게 아침밥을 차려줄 의무가 없듯, 나도 새벽 다섯 시에 일어나 어머님의 아들에게 아침밥을 차려줄 의무가 없다. 학창 시절 가정 수업 시간에도, 대학교에서 들은 결혼생활 교양 과목에서도 '여자는 결혼하면 남편에게 아침밥을 차려줘야 한다'는 미션을 배운 적이 없다. 나도 남편이 해준 아침밥을 먹으면 건강하고 씩씩하게 일할 수 있다.

한번은 남편이 행주를 만지는 모습을 보고 어머님의 눈빛이 싸늘하게 변한 적도 있다. 우리 시가는 행주를 돌려 짠 뒤 다시 펼쳐 말리지 않고 그대로 뒀다가 쓸 때마다 다시 물에

● 이제는 내가 먼저입니다

적셔 사용하는 편이다. 그런 곳에서 남편이 행주를 쓴 뒤 탁
탁 털어 식탁에 펼쳐놓는 모습을 보이자 어머님의 심기가 바
로 불편해졌다.

"엄마, 행주는 이렇게 펼쳐 놓아야 냄새도 안 나고 금방 말
라."

"아이고 잘났다. 언제부터 우리 아들이 그렇게 집안일에 관
심이 많았다니?"

고작 행주 하나에 살림의 노련함은 묻어나고, 어머님의 노
여움은 배가 된다.

"우리 아들은 착해서 악아 너를 많이 도와주지?"

"제가 남편을 도와줄 때가 더 많죠. 남편이 해야 할 집안일
을 제가 종종 도와주니까요."

남편은 집안일을 돕지 않는다. 그저 제 역할을 다할 뿐이다.
함께 생활하는 공간에서 자기 몫의 집안일을 하는 것, 그것은
당연한 규칙이자 예의다.

그게 언제부터 착하다고 칭찬받아야 할 일이 된 건지 모르

겠다. 누군가 남편이 집안일을 잘 도와주냐고 물으면 고개를
젓는다. 그는 그저 자신의 몫을 하고 있을 뿐이니까.

 내 안에
시어머니 있다

고등학교 3년을 붙어 다닌 단짝 친구가 있다. 여우 혹은 곰 같은 여우로 가득한 여고에서는 보통 3년 내리 같은 반이 될 경우, 둘도 없는 절친이 되거나 철천지원수가 된다. 다행히 우리는 개그 코드가 잘 맞고, 야간 자율 학습을 싫어하며, 담임 선생님에게 미움받을 용기를 타고났다는 공통점으로 똘똘 뭉친 덕분에 찰진 우정을 완성할 수 있었다.

특히 우정의 밀도는 고3이 되면서 더욱더 높아졌다. 드라마 〈파리의 연인〉의 박신양 덕분이다. 박신양을 좋아, 아니

사랑했던 우리는 한 남자를 향한 순정으로 대동단결했다. 책상에는 신문에서 오린 박신양의 전신사진을 붙여놨고, 고3이라는 정체성을 망각하지 않기 위해 '애기야, 공부하자'라는 문구를 써넣었다.

지금까지도 역대급 결말로 입방아에 오르내리는 마지막 회를 보던 날에는 비통함에 말을 잇지 못했다. 우리는 핸드폰을 붙들고 한참 동안 침묵을 지키며 이 비극을 곱씹었다. 무거운 정적 끝에 상스러운 욕이 터져 나왔다. 내 안에 잠재되어 있던 쌍욕 구사력이 터진 2004년 8월 15일이었다.

친구와는 드라마 속 남자 주인공 취향이 비슷해 언제나 대화가 물 흐르듯 매끄러웠다. 친구들이 모두 〈미안하다, 사랑한다〉 속 소지섭의 눈빛에 열광할 때 우리는 그의 고운 손을 찬양했다. 〈응답하라 1988〉의 다정한 박보검 대신 츤데레 류준열에게 설레었다.

드라마로 시작해 드라마로 끝나던 우리의 대화가 어쩐지 요즘은 유난히 삐걱거린다. 아마도 대화 소재를 드라마가 아닌 현실에서 찾는 일이 많아져서이지 않을까. 예전에는 〈해피투게더〉 혹은 〈인생 술집〉 저리 가라 하는 화기애애함을 자랑했다면, 이제는 누가 봐도 피 튀기는 〈썰전〉이다. 18년 우정의 최대 위기다.

사건의 발단은 친구 오빠의 결혼이었다. 올해 초 친구는 친오빠가 결혼하면서 '시누이'라는 새로운 캐릭터를 부여받았다. 나는 친구가 대한민국 시누이 대열에 합류했다는 사실 하나만으로 그녀에게 거리감이 느껴졌다. 부쩍 볼때기에 심술이 덕지덕지 붙은 것 같고, 말투도 어딘가 얄미워졌다.

친구도 나를 보는 눈빛이 달라졌다. 오빠가 결혼하기 전에는 나의 푸념을 누구보다 잘 들어줬는데 이제는 말끝마다 딴지를 건다. 양보나 희생이라고는 눈곱만큼도 없이 오직 자기 잘난 맛에 사는 며느리를 어른들이 예뻐하겠냐며 핀잔이다.

"오빠한테 집에 자주 좀 오라고 하면 항상 바쁘다며 미루거든. 그런데 SNS 보면 자기들끼리 어딜 그렇게 놀러 다니는지. 엄마한테 말했더니 아주 노발대발이야."

"너는 그 얘길 뭐 하러 어머니한테 해. 결혼했으니 주말이면 당연히 둘이 보내고 싶지. 쉬는 날마다 부모님 뵈러 갈 수는 없잖아. 나는 너무 이해되는데?"

"엄마가 맨날 하는 말이 뭔 줄 알아? 이래서 집안에 여자가 잘 들어와야 한다는 거야. 새언니가 애교도 부리고 우리 엄마, 아빠한테 사랑받게 행동해봐. 얼마나 집안 분위기가 좋겠어? 우리 새언니는 그런 게 없어."

"너희 집 분위기 원래 안 좋잖아. 그 분위기가 갑자기 바뀌겠니. 그리고 며느리가 무슨 기쁨조야? 애교는 네가 부리면 되겠네."

대화가 진전될수록 입술은 삐죽 나오고 미간은 찌푸려진다. 술잔을 든 손이 부르르 떨리고 나의 의지와 상관없이 삿대질이 불쑥 나오는 순간, 돌이킬 수 없는 전쟁의 시작이다. 〈파리의 연인〉으로 배운 욕을 이렇게 다시 써먹는다.

구수한 욕이 난무하는 술자리는 다른 친구들의 중재를 받고서야 겨우 진정 국면으로 들어선다. 나는 친구의 올케도 아닌데 괜히 열을 올리게 되고, 그녀는 얼굴 한 번 본 적 없는 우리 시누이 편을 든다. 누구보다 쿵짝이 잘 맞던 우리가 며느리와 시누이라는 새로운 캐릭터를 부여받은 순간부터 고구마 백 개는 먹은 듯한 답답한 대화를 이어가고 있다.

"시가에서 남편이 설거지 한번 하려고 나서니 아주 난리가 났잖아. 곱게 키운 아들 손에 물 한 방울 묻힐까 전전긍긍이

시더라고. 나는 뭐 걸스카우트 야영장에서 내리 설거지만 하며 자란 줄 아나."

"어머, 그거 진짜 욕먹는 행동이야. 우리 오빠도 새언니가 설거지하는데 가서 자기가 하겠다는 거 있지? 결혼 전에는 설거지 해본 적도 없으면서 말이야. 엄마랑 나랑 어이가 없어서 정말."

"얼마 전에 남편 생일이었거든. 남편한테 전화해서 '악아가 미역국은 끓여 줬냐' '처가에서 음식은 뭐 준비했냐' 꼬치꼬치 캐물으시는 거 있지. 남편 생일이 무슨 국경일이니?"

"아들 걱정돼서 그러시지. 생일인데 밥도 제대로 못 얻어먹을까 걱정되잖아. 우리 오빠도 결혼하더니 살 빠지더라. 엄마가 일부러 반찬도 만들어줬는데 새언니가 밥 안 해 먹는다면서 가져가지도 않아. 너무한 거 아니니?"

같은 상황, 다른 해석의 무한 반복이다. 친구가 잽을 날리면 나는 요리조리 피하다 어퍼컷을 날려 그녀의 두개골을 지끈하게 만든다. 신이 난 내가 검을 휘두르며 완전한 승리를 도모하면 그녀는 장풍을 날려 나를 사지로 내몰아버린다. 승리도, 패배도 없는 지루한 싸움만 계속 된다.

누구보다 가까웠던 우리가 이젠 얼굴만 보면 으르렁거리는 사이가 된 것을 보며 며느리와 시누이라는 가혹한 운명에 대해 곱씹게 된다. 가까이하기엔 너무 먼 당신이다.

"너도 결혼해봐라"

썰전의 마지막 장면은 매번 비슷하다. 소주 한 잔을 입에 털어 넣고는 가슴의 답답한 공기를 한 줌 꺼내 뱉으며 말한다. 입안이 쓴 이유는 온전히 소주 때문일 것이다. 친구는 지금 저주하는 거냐고 묻지만 그럴 리가. 그저 양해를 구하는 나의 완곡한 표현일 뿐이다. 그럼 그녀도 기다렸다는 듯 한마디를 더한다.

"너도 내 동생 결혼해봐라."

'역지사지'라는 멋지고 훌륭한 말은 이럴 때를 대비해 만든 것이 아닐까. 친구의 말마따나 나의 남동생이 결혼해 내가 시누이가 된다면 어떨까 생각해본다.

불행히도 우리 엄마는 낙제점 시어머니 예약이다. 엄마는 내가 없을 때 한 번씩 집에 찾아와 냉장고 정리며 청소, 빨래까지 다 하고는 잔소리 폭탄을 투하한다. 열에 아홉 번을 화내고 뜯어말려 겨우 한 번 오는 건데 그조차 스트레스다.

딸이라는 절대 권력을 등에 업어 짜증도, 화도 낼 수 있지만 만약 시어머니가 그런 원치 않는 친절을 베푸신다면⋯⋯. 생각만 해도 짜릿하고 아찔하다. 미래의 나의 올케야, 미리 사과한다.

하지만 모름지기 팔은 안으로 굽는 법. 그때의 나는 어쩌면 열에 한 번은 엄마의 편이 될지도 모른다. 결국 대한민국 표준형 시누이가 될 미래를 생각하니 씁쓸하다. 이토록 나는 간사하고 비겁한 인간이구나. 그렇게 며느리에서 시누이 캐릭터로 진화하고, 그러다보면 또 언젠가는 시어머니 캐릭터로 만렙을 찍을 수도 있다. 가만 보니 내 안에 시어머니 있다.

나는 어떤 시어머니가 될 수 있을까 생각하다 모든 시어머니의 시작은 며느리였음을 새삼 깨닫는다. 그들은 어떤 며느리였을까. 어떤 시어머니를 상상했을까. 그 시절을 너무 빨리 잊은 건 아닐까.

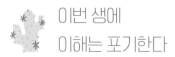

이번 생에
이해는 포기한다

나는 직업 특성상 사람을 만날 일이 많다. 낯선 사람에게 먼저 다가가 말을 거는 일이 비일비재하고, 핸드폰 통화 목록은 수십 개의 낯선 전화번호로 도배된다. 이렇게 매일 새로운 인간관계에 얽히면서 제법 쓸 만한 눈치를 얻게 됐다. 대체로 30분만 얘기하면 내 앞에 앉은 이가 어떤 사람인지 파악할 수 있는 초능력이랄까.

친구들 사이에서는 이런 나의 눈치가 꽤 용하기로 소문이 났었다. 그녀들은 남자 친구가 생기면 식사 혹은 술자리에 나를 불러 함께 시간을 가진 뒤 조심스럽게 평가를 부탁했다. 그럼 나는 계룡산 아기보살처럼 실눈을 가늘게 뜨고 짤막한 심사평을 전했다.

대개는 "사람 괜찮네" "잘 어울리네" 등의 좋은 말이지만 가끔가다 "별로"라며 혹평을 받는 이들도 있었다. 그런 남자들은 예외 없이 나쁜 남자의 길을 걸었고 그녀들의 연애는 파국을 맞이했다. 꺼이꺼이 우는 친구를 다독일 때마다 나는 "그러니 진작 내 말을 들었어야지" 하며 혀를 끌끌 찼다. 내가 사람 보는 눈이 얼마나 정확한데!

하지만 그것도 다 옛날이야기다. 지금은 파리만 날린다. 신뢰도가 바닥으로 떨어졌다. 실력 논란이 일어난 것은 바로 나의 결혼 때문이다. 중이 제 머리는 못 깎는다나 뭐라나. 나는 지난날의 자만을 반성하며 고개를 끄덕였다. 그래도 내가 선택한 남자에게는 큰 문제가 없었다. 이건 정상 참작되어야 할 부분이다.

그런데도 네 죄가 뭐냐고 물으신다면 이 남자를 만나고, 사랑했으나 결혼은 너무 안일하게 생각한 나머지 그의 가족까지는 유심히 살피지 않았다는 것. 그래서 시가 식구들의 성향을 파악하지 못하고 혼란의 시간을 겪었다는 것이다.

나와 다르다는 사실을 미처 생각하지 못했고, 그래서 결국 상처받았다. 한때는 어떻게든 상황을 개선하겠다는 의지로 이해하기 위해 노력했었다. '그래, 시어머니는 며느리를 무시할 수도 있지' '유독 며느리에게만 비논리적인 기준을 갖다 댈 수도 있는 거지'라는 말도 안 되는 포장을 해봤지만 그럴수록 머리가 지끈지끈 아파졌다.

이번 생에 이해는 불가능한 일이다. 속세에 찌들어 산 나의 불순한 영혼은 그 모든 행동을 포용하고 이해하는 너그러움을 절대로 가질 수 없다.

안 되는 건 깔끔하게 포기하고 방향 전환을 선택했다. 문제를 해결하는 과정에서 이해가 필수는 아니다. 예부터 성적이 좋은 녀석들은 이해력보다 정답을 찾는 능력이 더 뛰어났다. 난해하고 심오한 지문을 이해하겠다며 덤벼드는 아이들은 시간 내 문제를 풀지 못한다. 날카로운 눈으로 공식에 맞는 요소들만 집어내 대입해야 정답을 찾을 수 있다.

나는 주특기인 눈치 기술을 활용해 어머님의 성향을 분석했다. 감정 기복이 크며 고집이 세고 타인의 시선에 민감하다는 결과물 도출까지 성공. 그것으로 어느 정도의 행동 공식을 정리했다. 원리까지 이해할 필요는 없다. 공식대로만 하면 얼추 답은 나온다.

시누이의 생일을 겸하여 시가 근처 식당에서 함께 식사를 했다. 어머님은 식사 후 집으로 다시 이동해 조금 더 시간을 보내길 원하셨다. 이미 밤 아홉 시가 넘은 시간. 꼼짝없이 두어 시간은 잡혀 있을 게 뻔했다. 더군다나 시가에서 우리 집까지 가려면 한 시간이 넘게 걸려서 내일 출근을 걱정하지 않을 수 없었다.

나는 식탁 밑에서 손가락으로 남편의 허벅지를 쿡쿡 찔렀다. 남편이 반사적으로 "이미 늦었으니 오늘은 이만 집에 갈게요"라고 말하자 어머님의 심기가 불편해졌다. 어머님은 언짢은 기분을 해소할 화풀이 대상이 필요했다. 그것은 예상할 수 있듯 앞에 앉은 며느리다.

"그래, 늦었으니 가봐야지. 그런데 악아야, 너는 시누이 생일인데 케이크 하나 안 사 왔니?"

그렇죠, 어머님. 그 화살이 저에게 날아올 줄 알았습니다.

예전 같았다면 무방비 상태에서 한 방 크게 맞고 나가떨어졌겠지만 이제는 아니다. 왜 가만히 있는 내게 화살을 쏘는 건지 이유는 모른다. 그렇지만 준비는 됐다.

"아휴, 누가 아니래요. 제가 케이크 사자고 했는데 남편이 시매부가 사 올 텐데 왜 쓸데없이 두 개나 사느냐면서 어찌나 구박했는지 몰라요. 자기야, 내가 뭐라고 했어? 어머님이 화내실 거라고 했잖아. 정말 욕먹을 짓만 골라서 한다니까요."

나는 어머님이 냅다 쏜 화살을 여유 있게 남편에게 토스했다. 원인 제공자가 며느리가 아닌 사랑하는 아들이 되는 순간 공격력은 상실된다. 수가 읽힌 공격은 힘이 없다.

어머님은 멋쩍은 표정으로 물을 들이키며 남편에게 "동생 생일인데 너는 참……"이라는 의미 없는 말 한마디만 남기셨다. 남편과 나는 밥값을 계산하고 집으로 돌아갔다.

얼마 전에는 '보험료 사건'도 있었다. 남편의 보험은 어머님이 관리하시는데, 모두 저축성 보험으로 재테크 방식의 일환이다. 가입자만 남편일 뿐 납부도, 만기 후 환급금을 받는 것도 어머님이다. 어머님의 재테크에 간섭할 마음은 없지만 최근 약간의 문제가 생겼다. 어머님이 남편에게 연락해 보험료 부담이 크니 앞으로 그만큼의 용돈을 달라고 하신 것이다.

행여나 사고가 나 보상금이 나오더라도 그것은 어머님의 몫이니 남편과 상관없는 보험인데, 돈을 또 내야 한다니 계산법이 이상해도 너무 이상했다. 남편은 자신이 따로 보험에 가입하겠다고 말했지만 어머님은 절대 용납하지 않으셨다. 적당한 대응책이 필요했다.

며칠 후, 시가에서 차를 마시는데 어머님이 보험 얘기를 꺼내셨다. 남편의 보험금을 내느라 허리가 휜다며 생색을 내시더니 갑자기 방에서 한 뭉텅이의 종이를 들고 나오셨다. 다름 아닌 남편의 보험 고지서였다. 남편은 "그러니까 빨리 보험 해지하세요. 제가 필요한 걸로 새로 가입할게요"라고 말했지만 씨알도 안 먹히는 소리였다.

"이게 다 너 생각해서 가입한 거잖니. 엄마는 뭐든 시작하면 중간에 그만둔 적이 한 번도 없어. 중간에 해약하면 얼마나 아쉬워. 안 그러니 악아야?"

암요, 그렇고 말고요. 다 아들 생각해서 하신 건데 말이죠. 그런 의미에서 저도 남편을 위해 준비한 게 있답니다. 나는 어머님이 펼쳐 놓은 보험료 고지서를 하나씩 집어 들고 외워 온 보험 용어를 남발하며 온갖 아는 척을 해댔다. A 보험과 B 보험은 보장 내용이 중복되어 나중에 혜택을 받을 수 없으며, C 보험은 보상 범위와 조건이 까다로워 사실상 보상받기가 어렵다는 얘기였다.

생색내길 좋아하는 어머님의 성격상 분명 모두가 모인 자리에서 보험 얘기를 꺼내실 것 같았다. 또 아무리 남편이 설득해도 쉽게 고집을 꺾지 않으실 것도 이미 예상했다. 이 순간을 대비해 나는 미리 남편 이름으로 가입된 보험을 모두 찾아보고, 문제점도 정리했다. 보험 분석에만 일주일이 넘는 시간을 들였다.

그렇게 비교 분석해 찾은 문제점을 조목조목 짚어가며 식구들 앞에서 브리핑했다. 의미는 잘 모르지만 일단 무작정 외워 온 보험 전문 용어를 마구 섞어가며 말하니 누구도 쉽게 입을 열지 못했다. 약 20분간의 보험 분석 브리핑이 끝나자 식구들은 벙벙한 표정으로 고개만 끄덕였다.

"엄마, 새언니 말이 맞는 것 같아. 속아서 가입한 거 아니야? 얼른 해약해."

"그래 엄마. 보장도 받기 힘든데 뭐 하러 돈을 계속 내. 당장 가서 해약하세요."

"아까워서 그렇지……. 그럼 어쩔 수 없네. 해약해야겠다."

어머님은 이 상황이 마음에 들지 않았지만 반박할 여지를 찾지 못했고, 결국 얼마 후 보험을 해약하셨다. 적금이든 보험이든 중간에 해약하는 건 생전 처음이라는 것도 다시 한번 강조하시면서.

늘 충돌 지점만 있는 건 아니다. 행동을 예측하면 더불 득짐의 기회도 많아진다.

양가 부모님 생신 때는 용돈과 케이크를 준비한다. 이번 어머님 생신에는 케이크를 미리 주문했다. 언젠가 SNS에서 본 적 있는 용돈 케이크였다. 케이크 주변에 만 원짜리 지폐를 돌돌 말아 하나하나 세워 케이크와 용돈을 함께 드리는 요즘 유행하는 효도 선물 중 하나다. 미리 주문한 케이크에는 어머님의 미모를 칭송하는 멘트도 하나 넣었다. 외모에 신경 쓰시는 어머님의 취향 저격을 노렸다.

결과는 역시 성공적이었다. 생신 날, 케이크를 본 어머님은 감탄을 금치 못하시고 요리조리 케이크를 돌려가며 신나게 사진을 찍으셨다. 케이크 옆에 꽂힌 만 원짜리를 빼면서 어찌나 호탕하게 웃으시던지 아파트 민원이 들어올까 걱정될 정도였다. 평소 입이 짧은 어머님은 케이크 한 조각도 잘 안 드시는데 그날은 맛있다며 두 조각이나 드셨다. 나는 정말 맛이 없어 한 입만 먹고 포크를 내려놨는데 말이다.

다음 날 어머님의 SNS 프로필은 케이크 사진으로 바뀌었다. 항상 얼굴 나온 사진만 올리시는 어머님이 얼굴 없는 사진을 올린 것은 그때가 유일했다. 나는 사진을 보며 고개를 끄덕였다. 역시 예상은 빗나가는 법이 없다.

하루에 두세 번씩 안부 전화 드리기, 직접 요리해 한 끼 식사 대접하기, 좋아하는 간식 사가기 같은 행동은 백번 해봤자 칭찬은 그 순간뿐이다. 우리 어머님은 그런 정성보다 남들에게 보여주기 좋은 것에 감격하신다. 만약 내가 해야 할 최소한의 노력이 10이라면 나는 그것을 어머님 취향에 딱 맞는 행동 하나에 다 쏟는다. 그럼 10을 하고도 100의 효과를 낼 수 있다.

결혼은 충돌의 연속이다. 다른 가치관과 취향을 가진 사람들이 한순간에 가족으로 묶이는 것은 보통 문제가 아니다.

수십 년을 다른 생각으로 살았는데 하루아침에 그걸 이해하고 포용하기란 불가능하다. 외로워도 슬퍼도 울지 않는 들장미 소녀 캔디도 시월드에 입성하는 순간 눈물 한 바가지 쏟으리라 장담한다.

하지만 비가 오는 날엔 우산을 미리 챙기면 되고, 날이 추울 땐 패딩으로 무장하면 된다. 우산 없이 비를 맞을 때가 문제지, 비는 언제든 내릴 수 있다. 대책 없이 맞이하는 한파가 걱정될 뿐 겨울은 언제나 춥다. 시가와의 충돌은 너무나 당연한 일이니 머리 싸매고 고민하는 대신 미리 준비하면 의외로 상황은 쉬워진다.

'이쯤이면 중거리 슛이 날아오겠군' '지금쯤 태클이 들어오겠어' 하며 예측하고 대비하면 요리조리 피할 수도 있고 때로는 반격의 기회로 활용도 가능하다. 이제 나는 어머님의 행동을 열에 일곱 번 정도는 예측할 수 있다. 그 행동에 이해가 전제된 것은 아니지만 어쨌든 나의 마음은 훨씬 편하다. 어차피 이번 생에 이해는 글러 먹었다면 인문학적 관점보다는 수학적 접근이 낫다.

착한 며느리라는
고상한 칭찬

나는 유독 손재주가 없다. 손이 투박하고 못생겨서인지 섬
세한 손기술이 요구되는 일들에 영 젬병이다. 그래도 딱 하나
야무지게 할 수 있는 게 있는데, 바로 만두 빚기다. 가족 모두
가 만두를 좋아하다 보니 함께 모여 앉아 만두를 빚는 것이
연례행사였다.

혀끝이 만두 맛을 조금씩 알아가던 유년 시절부터 만두를
빚었으니 나름 경력이 20년을 훌쩍 넘는다. 이제는 장인 못지
않은 실력으로 얇은 만두피가 터질 듯 소를 가득 넣고도 매

끈하고 기품 있는 모양새를 완성할 수 있다.

요즘은 이런 만두 빚기 실력을 발휘할 자리가 없어 조금 섭섭하다. 지난해부터 친정에서는 만두 빚기 가내 수공업을 중단했다. 집에서 만든 것보다 더 맛있는 만둣집을 발견했기 때문이다. 입맛 까다로운 아빠도 인정한 맛집이다. 개성식 만두전골을 파는 곳인데 칼칼한 국물과 주먹만 한 왕만두의 조화가 감동적이다. 가격도 저렴한 편이라 갈 때마다 잔뜩 포장해 냉동실에 쌓아둔다.

남편에게도 만두 맛을 보여주고 싶어 친정에 다녀오는 길에 일부러 들러 식사를 한 적이 있다. 만두라고는 고향의 냉동 맛밖에 몰랐던 그는 잃어버렸던 미각을 찾았다며 기뻐했다. 내가 만든 것은 아니지만 만두전골을 맛있게 먹는 남편의 모습을 보니 괜히 뿌듯했다.

"아버님 만두 좋아하신다고 했지? 포장해서 갖다 드릴까?"

언젠가 아버님이 만두를 좋아한다고 하셨던 말씀이 불현듯 떠올랐다. 남편은 좋은 생각이라며 식구들이 다 같이 먹을 수 있게 넉넉히 포장해 가자고 했다. 전골용 육수와 만두, 채소와 칼국수까지 야무지게 챙겨 들고 시가에 갔다. 온 가족이 모여 만두전골을 맛있게 먹었다. 땀을 뻘뻘 흘리면서도 뜨거운 전골을 호호 불어먹는 그 재미가 쏠쏠했다.

그로부터 한 달 뒤, 다시 시가를 찾았다. 부엌에서 식구들이 먹을 과일을 어머님과 함께 준비하고 있는데 생각지도 못한 이야기를 들었다.

"만두전골은 왜 안 사 왔니?"

어머님이 내게 맡겨놓은 만두전골이 있었나, 잠시 고민했지만 내게는 딱히 갚아야 할 만두가 없었다. 왜 사 오지 않았냐고 물어보셨지만 나는 왜 사 와야 하는지를 도리어 묻고 싶었다. 어머님은 저번에 식구들이 맛있게 먹었으니 이번에도 당연히 사 올 거라고 생각하셨는지, 기대에 못 미친 며느리에게 서운함을 내비치셨다. 만두 속 터지는 소리인지 내 속이 터지는 소리인지, 갑자기 마음속이 시끄러워졌다.

어미 새가 물어올 먹이를 기다리는 새끼 새들처럼 모두 내가 아닌 내 손에 들려 있을 만두전골만 기다렸을 텐데, 이렇게 배려심이 없었다니. 나의 짧은 생각을 깊이 뉘우쳤다. 헛기침하며 자리를 피하는 나를 보고 어머님은 내심 다음에는 만두전골을 먹을 수 있으리라 기대하셨겠지만 나는 굳게 다짐했다. 다신 만두전골을 사 오지 않으리라!

호의가 계속되면 권리인 줄 안다고, 애초에 만두전골을 사 오지 않았다면 듣지 않았을 잔소리였다. 시가에 갈 때마다 매번 만두전골을 들고 갈 게 아니라면 처음부터 사지 말았어야 했다. 아무도 내가 좋은 마음으로 사 온 만두전골을 배불리 먹었던 것은 기억하지 않는다. 아버님이 좋아하는 만두전골을 또 사 오지 않은 며느리의 야박함만 곱씹을 뿐이다. 이렇게 또 인생을 배운다.

아홉 번 착한 행동을 하다가 한 번 무심해지면 서운함은 배가 된다. 아홉 번의 배려를 기억하지 않고, 한 번의 섭섭함만 떠올린다. 열 번을 모두 잘할 것이 아니라면(그래도 본전이겠지만) 아홉 번이든 여덟 번이든 호의는 의미가 없다.

나는 아무리 생각해도 착한 행동을 열 번이나 할 자신이 없다. 하고 싶지 않은 행동을 꾹꾹 참아가며 열 개나 하는 것은 수명 단축의 지름길이다. 잘 보이기 위해, 사랑받기 위해 마음에 없는 행동을 하는 대신 내가 할 수 있는 것을 나만의 방식대로 해야겠다고 마음먹었다.

결혼 후 시부모님께 안부 전화를 드린 적이 손에 꼽힌다. 생신 때나 특별한 용건이 있을 때만 전화를 한다. 어릴 적부터 통화 매너는 '용건만 간단히'라고 배웠고 그것에 충실할 뿐이다.

시부모님이 아니라 그 누구와도 용건 없이 전화기를 들고 수다를 떨지 않는다. 연애하던 때, 남편은 어떻게 한 번도 먼저 전화하질 않느냐며 서운해한 적도 있다. 연애 상대에게도 그 정도이니 다른 사람이야 말할 것도 없다. 어쩌다 한 번씩, 용건이 있어 시부모님께 전화를 드리면 에둘러 서운함을 표현하신다.

"아휴, 이렇게 전화하니 얼마나 좋아. 목소리 한번 듣기 힘들구나. 요즘 많이 바쁘니?"

이런 말에 절대 현혹되어서는 안 된다. 평생 할 게 아니라면 애초에 시작을 말아야 한다. 불편한 마음으로 안부 전화를 하며 스트레스 받을 바에는 마음 편히 하지 않는 편을 택하겠다.

카톡 지옥도 마찬가지다. 결혼 후 시가 단톡방에 끌려 들어 갔지만 그곳에서 나의 존재감은 깃털처럼 가볍다. 있는지 없는지조차 모르게 아주 조용히 몸을 숨기고 있다. 매일 아침 어머님은 출처가 심히 궁금해지는 글귀와 사진들을 퍼 나르시지만 나는 절대 답장을 하지 않는다. 한번 시작하면 아침마다 '오늘은 어떻게 리액션을 해야 할까' 고민할 게 뻔하다. 굳이 그런 스트레스까지 감수하고 싶지 않다.

반면에 누가 시키지 않아도 하는 일이 있다. 시조부모님을 챙기는 일이다. 결혼 후 처음 할아버님의 생신 잔치를 하던 날, 남편은 해외에 있어 참석하지 못했다. 나는 혼자라 조금 멋쩍기는 했지만 잔치에 참석했다. 백화점에서 한 시간을 심사숙고해 할아버님의 선물을 고르고, 함께 오실 할머님을 위해 작은 꽃다발도 하나 샀다.

얼마 전에는 할머님의 생신이었다. 할아버님의 생신에는 식구들이 밥이라도 함께 먹는데 할머님의 생신은 따로 챙기지 않는다. 쓸쓸하실 것 같아 슬쩍 남편에게 외갓집 주소를 물었다. 꽃 배달을 하나 보내고는 할머님에게 생신 축하 전화를 드렸다. 엄마가 여자는 나이가 들수록 꽃을 좋아한다고 했는데 틀린 말이 아닌 것 같다. 할머님은 꽃을 받고 무척 좋아하셨다.

남편은 본인도 못 챙기는 혹은 안 챙기는 할머님의 생신까지 잊지 않은 내게 퍽 감동한 눈치였고, 어머님도 내게 고맙다고 인사를 전했다. 그런 이야기를 들을 의도는 전혀 없었지만 성공적이라는 생각이 들었다. 며느리가 쏘아 올린 작은 꽃바구니는 모두를 기분 좋게 만들었으니 말이다.

그런데 문득 남편과 어머님의 칭찬이 참 괴상하다는 생각이 들었다. 아홉 번 못하다가 한 번 잘하는 것을 모두가 기특해하니 말이다. 착한 며느리가 되기 위해 싫은 일을 꾹 참고 했을 때는 아무도 그 노력을 인정해주지 않던 것이 떠올라 헛웃음도 났다. 착한 며느리가 되길 포기하니 착한 며느리 소릴 듣게 되는 아주 이상한 일이 일어났다.

남편이 시가에서
설거지를 했다

술래가 벽을 향해 돌아서면 짧은 틈에 사뿐히 걸음을 옮긴다. 무궁화 꽃은 피고 지길 반복한다. 꽃이 피면 발을 멈추고, 새어 나오는 웃음도 꾹 참는다. '조용히 그러나 계속해서' 앞으로 나아가다 보면 어느새 술래의 코앞에 다다른다. 등잔 밑이 어둡다고, 술래는 뒤늦게 나의 존재를 알아차리지만 게임은 이미 끝나간다. 나는 유유히 술래의 손에 붙들려 있던 포로들을 구출하고 까르르 웃음을 터뜨린다.

지금도 무궁화 꽃을 찾아가야 한다면 여전히 느리더라도

안전한 편을 택하겠다. 쉬운 상대가 아닐수록 더욱더 그렇다. 느린 움직임은 언제나 상대의 방심을 부르는 법.

지난 추석, 여느 때처럼 남편은 아버님과 거실에서 밤을 깠다. 그리고 여느 때와 달리 직접 산적을 구웠다. 나와 함께 설거지도 했다. 내가 그릇의 기름때를 세제로 닦아 건네면 남편은 그릇을 물로 뽀득뽀득 헹궈낸 뒤 식기 건조대에 쌓았다. 별것 아닌 이 행동이 내게는 퍽 감격이었다.

어머님은 남편이 주방에 들어오는 걸 끔찍이 싫어하셨다. 보면 안 되는 거라도 감춰둔 것처럼 남편이 싱크대 주변만 어슬렁거려도 펄쩍 뛰며 쫓아내기 일쑤였다. 오매불망 손에 물 한방울 안 묻히고 곱게 키운 아드님인가 싶었는데, 남편의 말을 들어보면 그것도 아니었다. 결혼 전에는 혼자 밥을 차려 먹고, 설거지를 하는 게 일상이었다고 한다.

그런데 어쩐 일인지 장가를 가고 나니 주방 출입이 금지됐다. 이제는 어여쁜 며느리만이 주방에서 설거지를 하는 특권을 누릴 수 있게 됐다.

결혼 후 첫 명절, 몇 번이고 그를 주방으로 소환하려 노력했지만 어머님은 그때마다 철벽 수비로 남편을 막아섰다.

"아들, 남자가 왜 주방을 흘깃거려? 거실에서 아버지랑 TV나 봐. 음식은 악아랑 내가 해도 충분해."

충분하다는 것은 일당백의 든든한 일꾼이 교체 투입됐음을 의미하는 걸까. 설거지를 잘하게 생긴 팔뚝 굵은 며느리에 대한 믿음이 남다르시다. 허나 저는 그리 믿음직한 스타일이 아닙니다만. 영화나 드라마에서만 보던 '남자 주방 출입 금지' 명령을 실제로 경험하게 되다니, 상당히 당황스러웠다.

군사분계선을 넘나들며 손을 맞잡는 시대에 대한민국 집구석에는 아직도 주방과 거실 사이, 남자와 여자 사이 보이지 않는 '가사분계선'이 굳건했다.

자유롭게 이쪽저쪽을 오가기가 생각보다 쉽지 않았다. 남편은 주방으로 넘어오려는 시도를 몇 번 해보다가 어머님의 상시 경계 태세에 기가 눌려 금방 포기하고 돌아섰다. 그곳에서 유일하게 내 편이라 생각했던 남편조차 돌아서고 나니 나는 철저히 혼자가 됐다.

아군 하나 없는 원정 경기에서 제 페이스를 찾기는 쉽지 않았다. 평소라면 남편에게 빨리 일을 도우라며 잔소리 폭격을 날렸을 텐데, 그날은 마치 밀린 외상값을 일당으로 갚으려는 궁상맞은 여주인공처럼 침묵을 지켰다. 결국 입 한 번 뻥긋 못하고 대패했다.

곰곰이 실패의 원인을 분석했다. 결혼 후 첫 명절이라 시가의 낯선 분위기에 당황했고, 시부모님의 심기를 거스르면 안 된다는 심리적 부담감이 컸다. 시부모님, 남편, 시누이에 대한 선수 파악도 부족해 긴장감과 두려움은 배가 됐다.

같은 실수를 반복하는 일은 없어야 한다. 나는 치욕적인 패배를 가슴에 품고 주먹을 불끈 쥐었다. 결전의 날을 기다리며 남편부터 집중 공략에 들어갔다. 남의 집에서 홀로 설거지를 하는 기분이 어떤 건지 상세 이론을 전달하고, 직접 처가에서 설거지를 해보는 실습 과정을 거쳤다. 그는 어느 정도 나의 고충을 이해했다(고 말했다). 일단 남편을 내 편으로 만드는 것까지는 성공이다.

또다시 마주한 명절, 시가의 풍경은 여전했다. 여자들은 주방에서 종종거렸고 남자들은 거실에서 여유를 부렸다. 그렇게 교육을 시켰건만, 남편은 여전히 주방 출입을 두려워했다. 어머님의 불호령이 떨어질까 일부러 주방 쪽을 외면하는 듯했다. 용기를 심어주기 위해 틈만 나면 그에게 눈짓으로 신호를 보냈다. 거사를 도모하는 부부 사기단처럼 사인을 주고받으며 적절한 타이밍을 노렸다.

남편은 밤 까기를 마쳤는지 기지개를 한 번 켜고는 깐 밤을 들고 주방으로 들어왔다. 좋아, 자연스러웠어. 적진 침투까지 무탈하게 이뤄졌다. 남편은 오랜만에 들어온 주방을 둘러보며 내 곁을 맴돌았다. 이것저것 참견하고, 음식을 집어먹기도 하고, 기름 냄새도 킁킁거렸다. 어머님은 아들이 주방에 들어와 못마땅한 표정이긴 했지만 딱히 하는 일이 없으니 굳이 나가라는 얘기도 하지 않으셨다.

남편은 이때다 싶었는지 침을 한 번 꿀꺽 삼키더니 아주 어색한 말투로 "아이고, 설거지가 많네"라고 말했다. 누가 봐도 내가 시켜서 하는 영혼 없는 멘트였다. 나는 일부러 싱크대에서 멀리 떨어졌고, 남편은 고무장갑을 집어 들었다. 그 순간 어머님이 남편의 손목을 덥석 잡더니, 고무장갑을 뺏어 곧장 내게 패스하셨다. 제롬 보아텡(독일 프로 축구의 최상위 리그에서

뛰는 수비수)보다 빠르고 정확한 수비 능력이 감탄을 자아냈다. 나는 얼결에 장갑을 받아들었다. 한순간에 상황 종료. 재빠른 판단력과 날렵한 움직임, 어머님은 이곳에 있기에 너무나 아까운 재능을 갖고 계십니다. 주방이 아닌 더 넓은 세상으로 나아가세요!

그러나 주방을 떠난 자는 어머님이 아니라 남편이었다. 남편은 어머님에게 등짝 스매싱을 시원하게 한 대 맞고는 터덜터덜 그라운드를 떠났다. 남편이 없는 주방에서 무임금 노동을 하고 난 뒤의 기분은 굉장히 불쾌했다.

그런 기분을 안고 집으로 돌아오면 예외 없이 서먹한 분위기가 이어졌다. 나는 불쾌지수가 높아져 입을 다물었고, 남편은 내 눈치를 보며 쭈뼛거렸다. 가족 간에 친목을 도모하고 화합을 추구하는 명절이건만, 어째 명절을 겪을 때마다 우리 사이에는 벽이 하나씩 쌓였다.

변화가 필요하다고 생각했다. 다만 정면 돌파는 위험했다. 조금씩 천천히 움직이기로 했다. 내가 너무 보잘것없어 보여 상대가 마음을 놓았을 때를 노리자. 모름지기 공격은 적이 방심한 틈에 이뤄져야 하는 법이니까.

다음 명절, 시가에 가니 남편의 주방 출입이 훨씬 자유로워졌다. 처음에는 통제가 철저했는데 한번 주방에 들어오기 시작하니 어머님도 그 모습을 크게 불편해하지 않으셨다. 어쩌면 그가 있다는 사실을 인지하지 못하셨는지도 모른다. 싱크대와 가스레인지 근처를 뱅글뱅글 돌다가 이내 사라지는 남편의 존재감은 그리 크지 않았다. 그 모습이 이제는 익숙해졌다는 의미이기도 했다.

남편은 여느 때처럼 주방을 얼쩡거리다가 전을 부치는 내 곁으로 다가왔다. 우리 부부는 계란물이 먼저냐, 밀가루가 먼저냐 하는 시답잖은 이야기를 주고받으며 호시탐탐 기회를 엿봤다. 어머님이 잠시 한눈을 판 사이 빛보다 빠른 속도로 뒤집개를 남편에게 토스했다. 나는 유유히 가스레인지 앞을 떠나 화장실로 피신했다. 한 템포 쉬고 다시 주방으로 돌아올 때까지 남편은 전을 부치고 있었다. 그의 뒷모습이 그토록 듬직했던 적이 없었다.

"아들, 이제 악아 왔으니 어서 나가. 네가 언제 전을 부쳐봤다고 부산스럽게 그래. 애가 아주 명절 음식 다 망치고 있네."

음식을 못하면 주방에서 당당히 나갈 수 있다니, 왜 그걸 이제 말씀하셨나요. 손맛이 없기로는 남편보다 제가 월등히 뛰어납니다. 나는 반가운 마음에 토끼 눈을 뜨고 미소를 지었지만 그것은 남편에게만 적용되는 특약이었다. 서툰 솜씨로 전을 찢어 먹어도, 도라지를 인삼보다 쓰게 만들어도 어머님은 내게 언제나 너그러웠다. 요리 못하는 며느리를 주방에서 내쫓는 야박함 따위는 없었다.

　이번 명절에도 남편은 주방을 기웃거렸다. 참으로 꾸준히 움직이는데 그에 비해 큰 성과는 없었다. 두부와 동태전을 부치고 잠시 한숨 돌리고 있으니 남편이 슬며시 옆으로 다가왔다. 자연스럽게 소고기를 집어 들더니 "고기는 내가 제대로 굽지"라며 너스레를 떨고는 산적을 굽기 시작했다.

　"자기가 소고기 하나는 기가 막히게 굽잖아. 어머님, 남편이 구운 거 드셔 보셨어요? 진짜 맛있어요. 육즙이 살아 있다니까요."

　"그래? 그럼 우리 아들이 맛있게 좀 구워봐."

　열심히 부채질을 하니 남편의 의지가 활활 타올랐다. 어머님도 의지가 넘치는 남편의 모습에 한발 물러섰다. 정식으로 남편에게도 프라이팬을 잡을 수 있는 허가가 떨어졌다. 그동안 며느리가 만든 산적이 마음에 안 드셨던 건지, 아니면 남편이 주방에 있는 모습이 이제는 익숙해져서인지 이유는 확실치 않다. 하지만 우리 셋이 모인 주방이 평화로울 수 있다는 것은 상당히 의미 있는 일이었다.

남편은 산적을 다 굽고 나서 쌓여 있는 설거지를 하는 내게 "도와줄까?"라고 물었다. 사실 좁은 싱크대 앞에서 둘이 꼭 붙어 설거지를 하면 번거롭고 불편하다. 남편은 손도 느려 별다른 도움도 되지 않는다. 후딱 끝내고 쉬려면 차라리 혼자 하는 편이 훨씬 낫다.

하지만 굳이 남편에게 "그래, 혼자 하면 힘들어. 같이 하자"라고 말했다. 지금 당장은 불편해도 함께 하는 과정이 있어야만 남편이 홀로 설거지하는 날도 올 수 있기 때문이다.

어머님은 우리의 대화를 들었지만 별다른 말씀을 하진 않으셨다. 만약 남편이 혼자 하겠다고 나섰다면 고무장갑을 뺏으셨을 수도 있다. 하지만 '도와준다' 말하고, 나는 거절하지 않으니 썩 내키진 않았겠지만 말리지도 못하셨다. 물론 속으로는 '설거지가 얼마나 된다고 둘이 같이 하냐'며 유난이라고 생각하셨을 수도 있다.

남편이 시가, 아니 자기 집에서 고무장갑을 끼기까지 꼬박 2년이 걸렸다.

겨우 그까짓 것을 하는 데 참 많은 에너지와 마음을 썼다. 그런데도 계속해야 할 이유는 명확하다. 아주 느리지만 뭔가 달라지고 있으니 말이다.

결혼이라는
블록버스터 전쟁 영화

"곧 결혼기념일이네. 준비는 잘 하고 있어?"

"걱정 마. 기대해도 좋을걸? 엄청난 걸 보여주지."

여느 부부처럼 우리에게도 결혼기념일은 굉장히 중요한 날
이다. 아니, 그날을 위해 1년 365일 공을 들이니 어쩌면 남들
보다 더 유난일지도 모른다. 결혼기념일이 임박할수록 우리
는 조바심이 나고 손과 발이 바빠진다. 마치 페이스 조절을
하며 적당한 속도감을 유지하다가 결승선을 앞두고 발바닥
터지게 스피드를 올리는 장거리 달리기 선수 같달까. 결전의

날이 다가오면 있는 힘껏 스퍼트를 올려 승부수를 던진다. 축배를 들 수 있는 자는 단 한 명뿐이기에.

가장 기다리는 날 혹은 가장 피하고 싶은 날인 결혼기념일에는 몸과 마음을 정갈히 한다. 목욕재계로 살갗을 뽀얗게 가다듬고, 쇼팽의 〈녹턴 2번〉을 들으며 심호흡을 한다. 거울을 보며 파이팅을 외치고 미리 예약해둔 근사한 레스토랑으로 향하면 드디어 결혼기념일 행사 시작이다.

식순은 이러하다. 가난한 가계 사정으로 평소 썰지 못했던 고깃덩이를 앞에 두고 우아한 칼질을 하며 무사히 보낸 지난 1년의 결혼생활을 자축한다. 와인도 한 잔씩 손에 들고 기념사진도 찍으며 어디서 많이 본 장면도 따라 해본다. 배를 든든히 채웠으면 2차 장소로 이동한다. 보통 레스토랑 근처의 작은 카페를 찾는다. 그곳에서 마주 앉아 종이 뭉치를 꺼내면 본격적인 이벤트가 시작된다.

꼬깃꼬깃 구겨진 종이 뭉치의 정체는 결혼생활 목표 기술서와 자기 평가서다. 우리 부부는 1년 전 결혼기념일에 작성했던 결혼생활 목표 기술서를 점검하고 자기 평가 시간을 갖는다. 결혼생활 목표 기술서는 공동 목표와 개인 목표로 나뉜다. 부부가 함께 다음 해에 이루고 싶은 목표와 개인 목표를 각각 세 개씩 선정하는 방식이다.

지난해 우리 부부의 공동 목표는 '유럽 여행 다녀오기, 이사 비용 모으기, 임신 준비하기'였다. 이사를 위해 돈을 열심히 모으기로 했고, 한 살이라도 젊을 때 유럽 여행을 다녀오자 약속했다. 당장 임신 계획은 없지만 혹시 모를 상황(?)을 대비해 몸을 준비하자고 합의를 봤다.

1년 전에 작성한 종이를 테이블에 두고 우리 부부는 웃음을 터뜨렸다. 절반의 성공을 거뒀다는 뿌듯함이 호탕한 웃음의 발원지였다. 가장 명확한 성공은 '이사 비용 모으기'. 하루에도 열두 번씩 계산기 두드리며 산 덕에 목표했던 금액을 모았고 내년에는 이삿짐을 쌀 수 있게 됐다.

유럽 여행 계획은 절반의 성공이다. 나는 운 좋게 유럽 출장 기회가 생겨 공짜 여행을 다녀왔으니 말이다. 몇 개월 사이 두 번 유럽을 다녀오기는 부담되어 부부의 유럽 여행은 다음으로 미뤘다. 임신 준비하기는 글쎄. 남편은 꾸준히 엽산을 복용하고 나는 피부과 약을 끊는 선에서 차근차근 준비하고 있다고 포장하면 되려나.

공동의 목표가 나름의 결실을 얻었지만 진짜 중요한 것은 개인 목표 점검이다. 지난해 결혼기념일, 우리 부부는 각자 내년의 목표를 정했다. '5킬로그램 감량하기, 새로운 운동 배우기, 이직하기' 같은 꿈과 희망들이었다. 결과적으로 둘 다 세 개 중 두 개의 목표를 이뤄 동점이다. 똑같이 실패한 목표는 다이어트다.

  1차로 결혼생활 목표 기술서 점검을 끝내면, 이어서 각자가 지난 1년 동안 잘한 점과 반성할 점을 자기 평가서에 쓰고 발표한다. 특히 '잘한 점'은 상대방에게 인정을 받아야 해서 납득할 수 있게끔 구체적인 사례를 제시하거나 객관적 수치를 입증해야 한다. 결혼기념일 전 바삐 움직인 이유는 잘한 사례를 수집하기 위해서였다. 이상하게 반성할 점은 무한정 생각나는데 잘한 점은 도통 떠오르지가 않는다.

  이렇게 결혼생활을 되짚어보면서 종합적으로 점수를 매기면 단 한 명의 최종 승자가 선정된다. 당연히 상금도 있다. 무려 3개월 치 용돈을 한 번에 받을 수 있는 절호의 찬스! 놓치고 싶지 않은 만큼 긴장감도 커져서 점수를 매길 때면 이게 뭐라고 심장이 가슴 밖으로 튀어나올 듯 두근거린다. 메인이

벤트인 우승자 시상 후에는 내년도 목표 기술서를 작성하며 훈훈하게 마무리한다.

결혼을 '연애의 확장판'이라 생각한 적도 있었다. 러닝 타임 때문에 아쉽게 편집된 장면을 더해 극장 상영이 끝나면 판매하는 영화의 확장판처럼 말이다. 연애 때는 원피스를 곱게 차려입고 우아하게 긴 머리 휘날리며 등장하는 장면부터 상영하지만, 결혼하면 그 원피스를 2주 동안 쌓아온 옷더미 속에서 찾아내는 모습이나 잠옷 바지를 가슴까지 치켜 입고 머리를 긁적이며 뒹굴뒹굴하는 모습까지 무자비하게 공개된다. 꽁냥꽁냥한 러브 스토리를 위해 삭제됐던 장면이 더해진 연애의 확장판을 결혼이라 부르겠거니 생각했다.

하지만 결혼과 연애는 아예 작품 세계부터 다르다. 연애가 해피 엔딩의 로맨틱 코미디 영화라면 결혼은 블록버스터 전쟁 영화랄까.

사랑, 가족애, 코미디 등 모든 장르가 고루 녹아 있지만 큰 틀에서는 생존을 위해 사투를 벌이는 전쟁 영화가 따로 없다. 그것도 4DX VR이라 생생함이 남다르다. 덕분에 연애할 때는 한 번도 느끼지 못했던 전우애 혹은 동지애를 남편에게 느끼고 있다. 이 믿을 구석 없는 세상에서 의지할 사람은 오직 그와 나, 우리 둘뿐이다. 연애 때는 여차하면 냅다 도망칠 수 있었지만 이제는 산 넘고 물 건너 총알이 빗발치는 혼돈의 시간을 함께 헤쳐나가야 한다.

좋은 순간을 같이 공유하던 때보다 어려움을 함께 극복해야 할 때가 많아졌다. 목적지를 정하고 함께 걸어간다는 것, 그것이 연애와 결혼의 가장 큰 차이다.

서로를 이끌어주기도 하고 기다리는 법도 배우며 같은 곳을 향해 나아가는 것은 생각보다 꽤 근사한 기분을 느끼게 한다. 1년 전 결혼기념일에 적었던 소소한 목표를 함께 이뤄냈다는 별것 아닌 그 결실이 얼마나 우리를 우쭐하게 했는지 모른다. 혼자 뭔가를 해냈을 때보다 훨씬 더 뿌듯하다. 그것이 결혼을 통해 내가 얻은 가장 큰 기쁨이다.

금요일 밤 함께 맥주를 마시며 영화를 보는 것, 이불 속에서 소곤소곤 오늘 하루에 대해 수다를 떨다 잠드는 것, 언제든 함께 테니스를 치러갈 사람이 있다는 것, 비 오는 날 버스 정류장에 우산을 들고 서 있는 사람을 마주하는 것……. 모두 그에 비해 너무 소소한 기쁨이지 않나. 결혼은 좋을 때는 아주 좋다고 하던데, 부디 그 좋은 날이 더 많아지길 바란다.

남편에게 결혼하고 좋은 점이 무엇인지 물었다. 그러자 잠깐의 망설임도 없이 그가 무심하게 툭 던진 한마디.

"너를 매일 볼 수 있으니까."

꽤, 바람직한 대답이군.

며느리는 사랑받기 위해
태어난 존재가 아니다

'당신은 사랑받기 위해 태어난 사람, 당신의 삶 속에서 그
사랑받고 있지요.'

마음이 삐뚤어진 나는 이 노래 가사가 영 마음에 들지 않
는다. 내가 사랑받기 위해 태어났다니. 그럼 사랑받지 못하면
태어난 소명을 다하지 못한다는 건가? 하지만 사람이 어떻게
사랑만 받으며 살 수 있나. 미움도 받고, 원망도 받고, 용서도
받고 그러면서 사는 거지. 그게 다 사람 사는 모습이지.

결혼을 앞둔 친구와 오랜만에 만나 차 한잔을 하는데 고민

이 있다며 꺼낸 이야기에 조금 당황했다.

"내 성격이 좀 무뚝뚝하잖아. 친척 어른들이랑 식사하는데 다들 나한테 한마디씩 하시더라고. 며느리가 애교 있고 살갑게 굴어야 사랑받는데, 나는 그런 게 부족하니까 지금부터라도 노력하라면서 말이야."

오호라, 사랑받는 며느리가 되고 싶구나. 먼저 결혼한 선배로서 조언을 해주지. 사랑받는 며느리가 되려면 상당한 노력이 필요하단다, 친구야. 잘 들어봐.

일단 아침저녁으로 시부모님께 문안 인사를 드려야 해. 거리가 멀어 방문할 수 없다면 전화라도 드리렴. 아침 회의에 늦더라도, 저녁 회식 중 만취해서라도 공손하고 예의 있게 두 손으로 전화기를 고쳐 잡고 전화드리는 것을 잊지 마.

시어머니가 시도 때도 없이 가족 단톡방에 의미 모를 사진과 명언을 보내더라도 훌륭한 리액션으로 화답해야 해. 미리 이모티콘 몇 개 구입해두렴. 시부모님 생신 때는 너희 부모님께도 해드린 적 없는 12첩 반상 차려드리기는 기본이지.

주말마다 함께 식사하자고 부르시면 몸이 아프더라도, 선약이 있더라도 열일 제쳐두고 찾아봬야 한단다. 물론 빈손 방문은 절대 금지. 외식을 하면 당장 관리비 낼 돈은 없더라도 밥은 무조건 네가 사는 미덕을 보이렴.

명절이나 가족 행사가 있으면 일찍 가서 앞치마부터 챙겨입고 주방으로 곧장 향하면 돼. 다른 식구들은 거실에서 TV 보며 노닥거려도 전혀 개의치 않고 일만 열심히 하면 되니 얼마나 쉽니?

여기까지는 기본 과정이야. 이 정도로는 사랑받는 며느리가 될 수 없어. 네가 말한 대로 늘 애교 있는 말투도 장착하고, 매번 용돈도 두둑이 드리고, 시누이나 시매부와 차별을 하더라도 하하 호호 웃는 얼굴을 유지해야 해.

시어머니의 말씀에 절대로 'NO'를 해서는 안 되고, 간혹 아니 자주 너를 무시하는 발언을 하실 수 있지만 한 귀로 듣고 한 귀로 흘리렴. 네가 있는 자리에서도 네가 없는 것처럼 너만 모르는 얘기를 자기들끼리만 나누더라도 상을 뒤엎지 말고 묵언수행을 실천하면 된단다.

아, 그리고 가장 중요한 한 가지. 이 모든 것 중 어느 하나도 중간에 포기해서는 안 돼. 그럼 안 하는 것보다 더 많은 욕을 먹게 될 거야. 어때, 사랑받는 며느리 되기 정말 쉽지?

사랑받는 며느리를 목표로 하면 포기해야 할 것이 너무 많다. 그중에서도 가장 먼저 포기할 것은 '나 자신'이다.

더 이상 내가 아닌 어느 집의 며느리로 모든 걸 새롭게 세팅해야 한다. 시가 제사와 김장에 참여하기 위해 회사 일은 뒤로 미뤄야 하고, 개인적인 시간을 보낼 주말은 시가 식구들을 위해 비워둬야 한다. 그럼 어느 순간 나는 사라지고 사랑받으려는 며느리만 남게 된다.

그래서 행복하다면야 두말없이 그렇게 하겠지만, 결과가 꼭 해피 엔딩이란 보장은 없다. 요즘 노력은 어디서 못된 것만 배워가지고 가끔 배신도 한다. 혼란을 줄이기 위해 통계청에서는 사랑받는 며느리가 되면 살림살이가 좀 나아지는지에 대한 결과 발표라도 해야 하지 않을까. 반대로 사랑받길 포기한 며느리는 얼마나 불행한가에 대한 조사까지 해주면 좋겠다. 만약 내게 그런 설문 조사 전화가 오면 어쩌지?

"사랑받기 위해 노력하는 며느리는 1번, 그렇지 않은 며느리는 2번을 누르세요."

망설임 없이 2번 꾸—욱.

"지금 불행하다면 1번, 아니면 2번을 누르세요."

이번에도 망설임 없이 2번 꾸—욱.

적어도 나는 사랑받기 위해 애쓰지 않아도 결코 불행해지지 않는다에 한 표다.

지난 제사에 불참했다. 남편만 홀로 다녀왔다. 수요일인가 목요일인가, 평일 중이었는데 자정에 제사를 지낸다고 하니 도저히 참석할 엄두가 나지 않았다. 퇴근하고 시가로 가서 음식 준비를 하는 것만으로 몸이 축나는데, 자정에 제사를 지내고 새벽에 집으로 돌아와 다음 날 바로 출근을 하는 빡센 일정이라니. 나를 시험에 들게 하려는 속셈이다.

어머님에게는 제사에 참석할 수 없다고 말씀드렸다. 이유는 있는 그대로다. 만약 제사를 아홉 시 정도에만 지내도 참석하겠지만 자정에 지내는 것은 무리라고 했다. 불같이 화를 내시겠거니 했는데 의외로 상황은 별 탈 없이 흘러갔다. 내심 어머님도 제사를 지내기 싫으셨던 모양이다.

남편 말에 따르면 어머님은 며느리를 팔아 제사 축소와 시간 변동을 적극 건의하셨다고 한다. 아버님도 결국 뜻을 굽히셨고, 다음부터는 제사를 저녁 여덟 시로 앞당기기로 했다. 1년에 여러 번 있던 것도 통합해 내년부터는 딱 한 번만 지내게 됐다.

시부모님의 눈치를 보느라 무리하게 제사에 참석했다면 나는 쭉 자정에 제사를 지내며 신체 노화를 촉진했을지도 모른다. 그럼 제사의 '제'자만 들어도 치를 떨며 혈압이 올라 결국 화병으로 쓰러져 며느리 제사상 하나를 추가하게 되는 슬픈 결말을 맞이했을 것이다.

며느리는 사랑받기 위해 태어난 존재가 아니다. 사랑받으려 굳이 애쓰지 않아도 된다. 그래도 충분히 행복한 결혼 생활을 그려갈 수 있다. 며느리 역할에 충실하기 전에 나 스스로를 지키는 것이 먼저다.

혼돈의 카오스 같던 얼마간의 결혼생활로 배운 게 있다. 가족을 위한 희생, 며느리의 감내가 잠시나마 가정의 평화를 만들 수는 있다. 하지만 오래가지 않는다. 아프지 않은 척 참고 있어도 상처는 보이지 않는 곳에서 계속해서 깊어지고 언젠가 곪아 터진다. 인내가 미덕인 시대는 호모 사피엔스 시절에 끝났다.

사랑받으려 노력하던 시절, 나는 매일매일 다쳤다. 노력이 배신으로 돌아와 내 마음에 상처를 냈고, 그것을 믿을 수 없어 다시금 그 상황에 나를 가져다 놓았다. 내가 혹시 잘못한 점은 없는지, 도대체 어디서부터 어떻게 고쳐야 하는지 고민하며 계속해서 상황을 되감았다. 상처받았던 상황을 곱씹으며 다시 또 화를 내고, 참고, 다치길 반복했다.

몇 날 며칠을 잠 못 이루고 시가 생각만 하면 지나가는 사람의 등짝을 발로 걷어차고 싶을 정도로 마음이 망가졌다. 결혼 자체를 후회할 만큼 힘들었고 태어나 처음으로 누군가를 그렇게 미워하게 됐다.

결국 사랑받기를 포기했다. 선택의 여지가 없이, 결혼생활을 유지하며 나를 보호할 수 있는 유일한 방법이었다. 그러자 마음이 편안해지기 시작했다.

이제 와 생각하니 조금 더 일찍 포기하지 못한 게 아쉽다. 그랬다면 내 인생에 불행한 날이 조금이나마 줄었을 텐데. 사랑받겠다는 욕심으로 너무 성급하게 다가갔던 게 문제는 아니었을까. 서로의 가시를 미처 보지 못하고 부대끼며 살아보겠다고 덤볐으니 상처투성이가 되는 것은 어쩌면 당연했다. 한 발 멀어지니 내 마음이 다치는 일이 줄었다.

결혼이라는 울타리가 내어준 자리는 그리 넓지 않기에 나의 가시가 무심결에 그들에게 상처를 내지 않도록, 나도 그들의 가시에 찔리지 않도록 최적의 거리를 찾고 있다. 너무 멀어져서도 그렇다고 너무 가까워져도 안 된다고 생각하는데 적당한 거리를 찾기가 참 어렵다. 누가 좀 알려주면 좋으련만.

그럼에도 찾을 수만 있다면 얼마가 걸려도 괜찮다. 가시밭에서 뒹굴었을 때보다 지금이 한결 나아졌으니 희망이라는 게 좀 보인다. 다만 그날이 빨리 오기를, 부디 그때까지 쉬이 지치지 말기를 바랄 뿐이다.

범띠 며느리가 알려주는
슬기로운 결혼생활 꿀팁

housekeeper

회식 때마다 부장님께서는 미혼의 여직원들과 모든 남직원들만 데리고 2차를 갑니다. 결혼한 여직원들에게는 "집에 가서 남편 밥이나 차려 주라"며 배려를 보이시죠. 덕분에 일찍 집에 가는 식모는 웃어야 하나요, 울어야 하나요?

💬 댓글

ladyAga

나도 안 챙기는 남편 밥을 부장님이 챙기니 얼마나 감사한가요. 세상에 이런 상사 또 없습니다. 매일 아침 부장님 댁을 향해 절을 올리세요. 그리고 내일 아침부터는 한 시간 늦게 출근하겠다고 말하세요. 남편 밥을 챙겨야 하니까요. 저녁밥만 챙깁니까? 아침밥이 더 중요합니다.

mamaboy

여자 친구와 하루빨리 결혼하고 싶은 평범한 남자입니다. 근데 여자 친구는 요즘 TV에 나오는 며느리 괴롭히는 시어머니들의 모습만 보고 결혼을 꺼려합니다. 저희 엄마는 진짜 그런 사람이 아닌데 말이죠. 여자 친구를 어떻게 설득해야 할까요?

 댓글

 ladyAga

큰 착각을 하셨네요. '어머니'와 '시어머니'는 완전히 다른 인격체입니다. 그런 어머니는 없어도 그런 시어머니는 존재하는 이유죠. 아직 mamaboy님의 어머니는 시어머니로 진화하기 이전이겠군요. 그러니 함부로 장담하지 마세요.

 stupiddd

무엇을 상상하든 그 이상을 보게 됩니다. 아 참, 아들 눈에는 안 보이는 게 함정!

악·수·방 ○○○

 tambourinelove

저희 친정 식구들은 흥이 넘치는 탓에 거의 매주 노래방에서 가족 모임을 합니다. 이 자리에 사위가 빠지면 섭섭하다고 저희 부모님은 항상 남편을 찾는데요. 노래방에서 탬버린을 흔드는 남편의 낯빛이 밝지만은 않습니다. 제가 '시월드'를 불편해하는 것처럼 저희 남편도 '처월드'가 마냥 편하진 않겠죠?

 댓글

 ladyAga

모름지기 지성인이라면 술과 흥은 권하는 게 아니죠. 탬버린과 하나가 된 남편의 심정을 헤아려주세요. 부모님께 시급제를 제안해보는 것은 어떨까요? 용돈 벌이라 생각하면 남편에게 작은 위안이 될 거예요. 부모님이 더럽고 치사하다며 안 부르면 금상첨화고요.

fakemother

저는 저희 며느리를 정말 딸처럼 생각해서 주말에 같이 쇼핑도 다니고 여행도 가고 싶은데 며느리는 주말마다 무슨 일이 그렇게 많은지 늘 바쁘다고만 하네요. 이런 며느리에게 서운함을 느끼면 안 되는 걸까요?

 댓글

 ladyAga

딸과 아들이 동시에 물에 빠진다면 누굴 먼저 구하실 건가요? 고민되시겠어요. 그럼 아들과 며느리가 빠지면 누굴 구하실래요? 이건 고민거리가 아니죠. 그러니 며느리를 딸처럼 생각한다는 소리는 하지 마세요.

police112

남의 집 귀한 딸을 함부로 훔치는 것은 절도입니다.

악·수·방 °°°

 dove1004

저는 제 생각을 말할 뿐인데, 남편은 저 때문에 가정의 평화가 깨진 다며 시부모님 말씀에 토를 달지 말라고 하네요. 그래서 침묵으로 일관했더니 이번엔 아무 말도 안 한다고 다그칩니다. 말을 하면 한 다고 뭐라 해~ 안 하면 안 한다고 뭐라 해~ 도대체 어쩌란 걸까요?

 댓글

 ladyAga

시가에서의 대화는 아주 고도의 기술이 필요해요. 저는 속으로 딴생각을 하며 약 10분 간격으로 추임새를 넣습니다. '어머' '진짜요?' '그렇구나' 이 렇게 세 마디만 돌려써도 모든 대화가 가능합니다.

 nohusband

이래서 남편을 남의 편이라고 하나 봐요. 분노 유발자의 다른 이름!

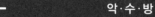
 don'ttouchme

결혼한 지 어느덧 10년. 시가 식구들의 은근한 무시와 차별에 이 제는 익숙해졌다고 생각했는데 이 글을 읽는 내내 코끝이 시큰해 졌습니다. 저의 자존감 도둑이었던 시가 식구들에게 지금이라도 한마디 하고 싶은데 뭐라고 하면 좋을까요?

 댓글

---

ladyAga

백 마디 말보다 한 곡의 노래를 추천합니다. 이런 가사도 있더라고요. '있을 때 잘해 후회하지 말고. 있을 때 잘해 그러니까 잘해.' 시가 식구들 바라보 며 한 곡 시원하게 불러주세요.

이상한 나라에 시집 간
모든 남의 집 귀한 딸들을 위하여,
peace-!

저도 남의 집 귀한 딸인데요

2019년 1월 25일 초판 1쇄 발행
2019년 3월 6일 초판 2쇄 발행

지 은 이 | 악아
일러스트 | 또띠 박
펴 낸 이 | 서장혁
책임편집 | 장진영
디 자 인 | 조은영
마 케 팅 | 한승훈, 안영림, 최은성

펴 낸 곳 | 봄름
주　　소 | 경기도 파주시 회동길 216 2층
T E L | 1544-5383
홈페이지 | www.bomlm.com
E - mail | support@tomato4u.com
등　　록 | 2012. 1. 1.

I S B N | 979-11-85419-78-7 (03810)

봄름은 토마토출판그룹의 브랜드입니다.

• 이 도서의 국립중앙도서관 출판시도서목록(CIP)은 서지정보유통지원시스템 홈페이지(http://seoji.nl.go.kr)와 국가자료공동목록시스템(http://www.nl.go.kr/kolisnet)에서 이용하실 수 있습니다. (CIP제어번호 : CIP2019000728)